红糖美学 著

国色大清

The Colors of
Great Qing Dynasty

人 民 邮 电 出 版 社

北 京

图书在版编目（ＣＩＰ）数据

国色大清 / 红糖美学著. -- 北京 ：人民邮电出版
社，2024.2
ISBN 978-7-115-62657-8

Ⅰ．①国… Ⅱ．①红… Ⅲ．①色彩－文化研究－中国
－清代 Ⅳ．①J063

中国国家版本馆CIP数据核字(2023)第177231号

内 容 提 要

在本书中，我们可以欣赏到16个传统色背后的文化故事。除此之外，本书还通过各种颜色深入
挖掘了清朝代表性的文物与纹样。从服饰到建筑、器物再到画作，每一种文化形式都呈现出了鲜明
的特色。

本书不仅有详细的色彩讲解，还对清朝的用色规制、特点和崇尚的颜色等知识进行了介绍，为
读者提供了全面的文化背景。每一种颜色的讲解都从严谨而新颖的角度给读者带来启示与思考。本
书不仅是一本介绍颜色的书，更是一本引领读者深入了解清朝文化的书。

本书适合艺术类色彩学研究者、专业工作者及学生，以及对国学和传统文化感兴趣的读者使用。

◆ 著　　　　 红糖美学

责任编辑　许　菁

责任印制　周昇亮

◆ 人民邮电出版社出版发行　　 北京市丰台区成寿寺路 11 号

邮编　100164　电子邮件　315@ptpress.com.cn

网址　https://www.ptpress.com.cn

天津市豪迈印务有限公司印刷

◆ 开本：700×1000　1/16

印张：7　　　　　　　　　 2024 年 2 月第 1 版

字数：161 千字　　　　　　 2024 年 2 月天津第 1 次印刷

定价：59.90 元

读者服务热线：**(010)81055296**　印装质量热线：**(010)81055316**
反盗版热线：**(010)81055315**
广告经营许可证：京东市监广登字 20170147 号

前言

Preface

本书以清朝有代表性的传统色彩作为引线，介绍传统色彩背后的文化故事，包括色彩与古人的衣食住行之间的关系，让读者感受中华文化独特的色彩意象。

全书分为两章，第一章介绍清朝的社会风貌、文化艺术，以及喜爱和常用的颜色。第二章从清朝的服饰用色、器物用色、绘画用色，以及建筑用色中筛选出了具有代表性的 16 个传统色彩，讲解关于传统色彩的背景文化、色彩搭配、文物知识以及展示纹样。由于年代久远，很多文物的色彩、纹样不再清晰，在创作中我们已经尽力去还原。为了更好地展示效果，我们对这些纹样进行二次创作并且重新上色，所以纹样的造型和色彩会与原纹样存在一些偏差。

本书在颜色筛选上，为了让读者能从色彩上感受和了解清朝之美，既考虑了朝代整体的艺术风格特点和审美艺术的代表性，又考虑了朝代崇尚和喜爱的颜色，其中服饰用色多为植物色，主要选自宫廷服饰和民间服饰的颜色；在器物用色上，主要选取了一些更具特色的瓷器釉色；绘画用色则主要是矿物色和植物色，清朝的建筑彩画是彩画发展的高峰，因此选取了清代建筑中斗拱、藻井、额枋等处的建筑彩画进行讲解；建筑用色主要选取了以故宫、天坛为代表的建筑色彩。

由于传统色的色值目前并没有一个统一的标准，我们在查证文献资料时发现传统色的命名较为模糊，常出现一名多色或者一色多名的情况。我们在寻找与色彩相关的文化知识时也遇到了色彩命名笼统性的问题，例如某些古籍记载服饰用色时，红色统一写为赤色，而黑色、绿色、蓝色都可以称作青，因此本书在颜色的定义上可能会有偏差。对于书中的内容，我们始终保持着虚心听取意见的态度。最后，希望本书能给大家带来有趣的阅读体验。

红糖美学

目 录

Contents

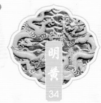

使用说明

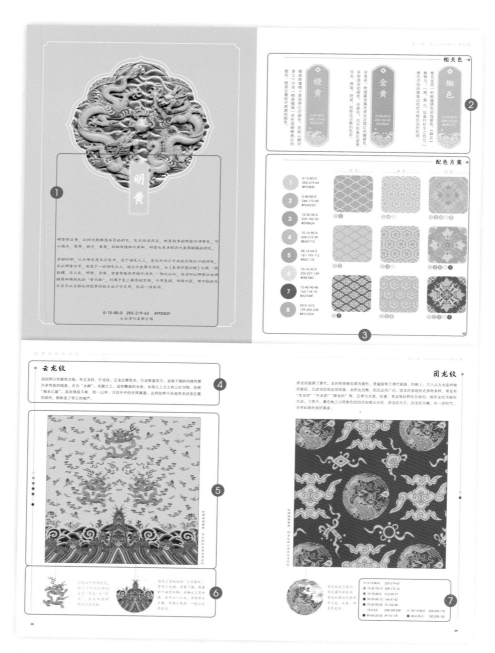

❶ 主色

主色的名称、CMYK 和 RGB 以及历史文化背景介绍。

❷ 相关色

三个相关色的名称、相关资料以及 CMYK 和 RGB。

❸ 配色方案

提供了主色的九种配色方案。通过方案下的编号，从左列能查找色值。

❹ 纹样介绍

纹样的名称以及历史文化背景介绍。

❺ 纹样展示

纹样大图展示以及参考来源标注。

❻ 纹样元素

纹样中单个细节元素的展示和介绍。

❼ 色值

两页纹样的配色和色值，色值顺序是先 CMYK 再 RGB。左边为左页纹样的色值和配色，右边为右页纹样的色值和配色。

第一章

雍容华贵的大清

清朝的社会风貌

"康乾盛世"历史记忆的成形，与清朝的社会风貌背景有着极为深刻的联系。

政治背景

清朝在"康雍乾"期间得到飞速发展。不论是在中央设立南书房掌管机要，军机处作为决策机构，还是在地方恢复省级建制，以督抚进行管理，都进一步巩固了国家的统一。与此同时，疆土得到大规模的扩张，诸国来朝，总体呈现出盛世祥和的恢宏气象，使得清朝的文化内涵兼具多族特色，带有开阔沉稳的气质。

经济背景

清政府实行"更名田""摊丁入亩"等措施发展生产，奖励开垦，减免捐税，各生产部门技术水平空前提高，商品经济异常繁荣，人口增长迅速，人民追求自由的愿望不断增强，社会经济也渐趋繁荣。

文化背景

由于市民阶层不断发展壮大，文化需求愈加强烈。乾隆（图1-1）继康熙帝的仁厚与雍正帝的严苛，他以"宽猛相济"施政，使文治武功走向极盛。此外，清代的"西学东渐"也在推动本土文化吸收诸多外来因素，由此在整体审美上呈现出海纳百川、大俗大雅的特点。

▲ 图1-1 清 佚名 《乾隆皇帝朝服像（青年）》北京故宫博物院藏

盛世繁荣的
文化艺术

▲ 图1-2 清 陈牧 《月曼清游图-碧池采莲》
北京故宫博物院藏

服饰特点

清代保留了具有典型的北方游牧民族特色的服饰。
男性以衣袖短窄的长衫、马褂为主。女性服饰分满、
汉两种：满族女子多穿旗袍，圆领或无领，大襟，
长可掩足，两侧开衩；汉族女子仍以上衣下裙为主
（图1-2），大致形制清秀简洁，更为实用；但配
饰镶边色彩多，注重纹饰，以富贵、吉祥、如意的
含义居多，呈现出繁荣富丽、精致的风格。

▲ 图1-3 清 郎世宁 《乾隆皇帝射猎图》 北京故宫博物院藏

器物特点

清朝时期传统手工业生产达到历史高
峰，所制出的金属、陶瓷、玉器等器具
精美绝伦。例如图1-4瓷胎
画珐琅鼻烟壶，装饰细致华
丽。不同时期的器物各有
其美：康熙时的器物古
拙丰满、硬朗挺拔；
雍正时造型秀气、
柔和；乾隆时则显
规整，工艺复杂；
嘉庆、道光以后风
格稚拙笨重。总体
而言，清代器物色泽
鲜艳、层次分明、题材
多样，其新奇精巧独步
一时。

书画特点

清朝是中国古代书画史上的发展高峰时期，个性风
骨与雅正质朴之风兼备。在绘画方面，民间画派多
重视感受生活和强调画家个人的独特风格。因清代
帝王喜爱西方绘画手法与传统中国笔墨相融合的绘
画方式，所以清代宫廷绘画呈现出以郎世宁为代表
的"中西合璧"的特点，如图1-3所示。在书法上，
突破帖学，开创碑学，形成了雄浑渊懿的书风，使
得书坛形成十分活跃、流派纷呈、一派兴盛的局面。

▲ 图1-4 清 瓷胎画 珐琅鼻烟壶
美国大都会艺术博物馆藏

繁复富丽的大清色彩

华丽繁复的大清

在清朝审美风尚中，色彩的功能更强调装饰性，尤喜用对比色配搭，如红配绿、蓝配红等，色彩浓艳而不燥、张扬又不失内涵，突出丰富多元、百花齐放的特点，与多元的时代文化气质相符。且清代崇尚自然，斑斓瑰丽的用色诠释了审美文化中华丽繁复的文化内涵，也承载了具有民族特征的文化。

绘画用色

绘画发展到清代，文人画家的作品可谓盛极一时。就清代的山水画而言，为了还原清静雅丽的意趣，山水多用水墨色彩画成，点染部分苍绿色与赭石色；或整幅图仅以墨色勾勒渲染，构图更加抽象，整体用色简单，生动自然，清新。

清代的花鸟画，在技法和用色上涌现出了许多不同的风格流派，推动了花鸟画的发展。图1-5为邹一桂的工笔花卉画，牡丹、海棠多用淡粉，边缘用重粉点染，桃花以重粉点瓣，又用胭脂色罩染，整体设色明净，庄重典雅。恽寿平以没骨法画花卉，以粉、黄、白等色彩直接渲染，点染并用。

受到"西学东渐"的影响，清代的人物画无论在宫廷还是民间，不管是"焦点透视"的技法还是"重彩鲜明"的设色，都形成了独特、新颖的风格。尤其是画院的重彩人物画，焦秉贞所作《历朝贤后故事图》中，所绘仕女形象柔弱，多用深红、赭石、石青、深蓝等色，色彩浓重艳丽，富有装饰性，如图1-6所示。

瓷器用色

瓷上色彩的发展历经了胎上、釉下及釉上三个阶段，直至康雍乾盛世时期得以全面发展。瓷器用色崇尚华丽多彩，清代是瓷器用色较为华丽的时期，且各朝瓷器用色各有不同。

康熙时期瓷器用色较为缤纷，有釉里红、青花、豆青三种颜色融合的"釉里三色"，三种色彩相互映衬，鲜艳且富有立体感；也有郎窑红、豇豆红和胭脂红等在红釉色彩上突破的单色釉。除此之外，青花在此时用于渲染的次数增多，更富层次感，在当时有"康青五色"之说。而雍正时期瓷器用色则相对雅致、柔和、朴素清逸，有葵绿、胭脂红、娇黄等色釉，清新透彻，温润匀静。例如五彩盘（图1-7）多用黑彩

▲ 图1-7 清 五彩盘 美国大都会艺术博物馆藏

▲ 图1-8 清 粉彩九桃天球瓶 美国大都会艺术博物馆藏

或赤褐色线勾描纹样轮廓，纹样精细、瑰丽多姿。到了乾隆时期，瓷器用色呈现出烦琐华缛、堆砌罗列的特点。此时多种色彩的组合与运用的技法达到了发展高峰。图1-8所示的粉彩九桃天球瓶色彩浓厚，表现出成熟桃子的娇艳色彩，表现出叶有阴阳向背、树有老枝新芽的效果。

▶

图 1-9 纹样绘制参考：清 蓝色地福寿三多龟背纹锦

纹样用色

清代的装饰纹样基本是对明代纹样的模仿与延续。但较明代，清代装饰纹样在形制与色彩上精致、华丽了许多，还融合了西方艺术特征，注重层次感，具有立体效果。此外，清代装饰纹样还具有"图必有意，意必吉祥"的文化内涵，将吉祥寓意发展到顶峰。

从内容上看，清代的纹样主要分为小说故事类（如四大名著的题材）、吉祥图案类（福禄寿喜等）以及吉祥故事类（如百子图等）。其中包含的很多人物纹样，在人物着装的刻画上多用胭脂红、矾红、水青、茄紫、水绿等色，设色明亮。乾隆、嘉庆时期大量使用金彩，图 1-9 所示的蓝色地福寿三多龟背纹锦大量采用金色勾线，色彩对比强烈，艳丽、古雅。另外清代喜爱使用动植物纹样，其中枝叶多为青、绿色系，花果多用桃红、胭脂红，大胆使用互补、渐变等方式上色，总体设色细腻、和谐，极富巧思。

清代对色彩的包容性很强，用色大胆，因此表现出的纹样很生动。纹样颜色与底色形成强烈对比，突出纹样的明艳之美。如绿底上会装饰紫色的紫藤萝或大红色的牡丹，色彩浓郁丰富，给人强烈的视觉冲击感。

服饰用色

清朝纺织品的印染工艺水平较高，因此服饰用色也呈现出绮丽繁复的特色。首先是宫廷服饰用色，体现出森严的等级。如帝后等使用灿烂的明黄色，其下等级可用色彩偏冷的香色、石青色、蓝色等。在不同场合，宫廷服饰主要用色也会发生相应变化，如清代皇帝朝服的颜色以黄为主，明黄为贵。其次，祭祀、祈谷的服饰用蓝色，朝日用红色，夕月时用月白色。服饰色彩的选择严谨用心，因时而变。

乾隆年间，统一了官员的官服，规定以石青色或蓝色为主。如公、侯、伯下至文武四品官等官员的朝服，用蓝色及石青色；文武五品至九品的朝服，则只能用石青色。由于官服颜色相似，清朝也逐渐形成了以色看顶、辨官的传统。

清朝士庶男子的服饰有袍衫、马褂、马甲、裤装等，其中以常服衫、袍居多，颜色有月白色、湖色、枣红色、雪青色、蓝色、灰诸色等。而清朝女子服饰，汉、满族发展情况不一。清朝初期满族妇女喜着“旗装”，梳旗髻（图 1-10）。而汉族妇女时兴小袖衣和长裙加云肩，款式层出不穷。清中期以后满族女子效仿汉族女子服饰，出现了“大半旗装改汉装”的现象，色彩搭配也愈加稳重、和谐。

▶ 图 1-10 清代女子妆花锦缎旗袍装束

建筑用色

清朝是中国古代建筑体系的最后一个发展阶段，虽大体沿袭明制，但也有发展和创新。清朝建筑更加崇尚华丽，形成一种雍容大气、严谨、华丽的成熟风格。清朝的宫廷建筑在色彩的运用上，追求金碧辉煌，体现独有的气势和风格。且清朝的建筑色彩规制有严格的等级区分，比如紫禁城中宫城、宫殿内墙和屋顶等都用皇家才能使用的红色墙面及黄色琉璃瓦。图 1-11 所示的皇太后所在寿安宫为黄琉璃铺顶，彰显尊贵。

▲ 图 1-11 清 姚文瀚 《崇庆皇太后八旬万寿图》 北京故宫博物院藏

清代的民宅用材料本色，主体色彩就是黑、白、灰，朴素而不绚丽。图 1-12 中除去仪仗所经过的牌楼为绿琉璃黄剪边外，还有使用青灰色砖墙瓦顶的四合院民宅。民宅中有青山绿水、翠竹环绕的造景，使这幅画异彩纷呈。清代将造景色彩做到极致的则是文人的私家园林，其建筑造景受到历代山水画、诗等影响，所用的色彩清雅柔和，搭配也节制有度，重视主景与配景的色彩关系。

▲ 图 1-12 清 张廷彦 《崇庆皇太后万寿庆典》（局部） 北京故宫博物院藏

第二章

色彩绚丽的

大清色谱

朱红

朱红也称"朱砂"，在古代主要以天然矿物朱砂制成，也是最早的"中国红"。此外，"朱"为正色，因此朱红多为权贵所用，如皇帝批阅奏章都使用朱笔，宫殿墙壁与殿门也以朱红装饰。

朱红在清朝的色彩运用中占据重要地位。朱砂所制的朱红色泽鲜宽，常用于清代的家具、绘画与建筑之上。在清代漆器中，有一种工艺叫作"堆红"，即在木胎上雕刻图案后罩以朱漆，从而产生色泽宽丽、光滑、自然生动的效果。如若是橱、箱等较大家具，工匠则巧妙地装饰上白铜，将鲜艳的朱红衬托得更加熠熠生辉。另外，朱红在清代也常出现在批文圈点与抡才大典中。如清朝皇帝批阅奏章时，用毛笔蘸朱砂批字谓之"朱批"，清代乡、会试时考生的墨卷要用朱笔誊录为朱卷送考官评阅。

0-85-100-0   233-71-9   #E94709

出自清代故宫寿康门

相关色 ●—

赫赤

30-90-100-0
185-58-33
#B93A21

赫赤是以红花制成的植物颜料，也称深绛。其类似『火烧的颜色』。古时的账房先生会用赤笔做支出笔记，所使用的颜色即此色。

朱樱

45-100-95-20
137-26-35
#891A23

朱樱是樱桃的一种，成熟时呈深红色。明代冯惟敏《水仙子带折桂令·肩儿》套曲：『唇启朱樱，脸印红霞。』可见此色也可用于形容女子的唇色。

洛神珠

20-85-70-0
202-70-67
#CA4643

洛神珠亦称绛珠草。因洛神花果实成熟时玲珑红润，浑圆如珠，故在晋时被称为『洛神珠』。

配色方案 ●—

1	0-85-100-0 233-71-9 #E94709
2	30-90-100-0 185-58-33 #B93A21
3	45-100-95-20 137-26-35 #891A23
4	20-85-70-0 202-70-67 #CA4643
5	0-60-30-0 239-133-140 #EF858C
6	0-45-35-0 243-166-148 #F3A694
7	0-95-65-0 231-34-65 #E72241
8	35-90-50-0 176-56-90 #B0385A

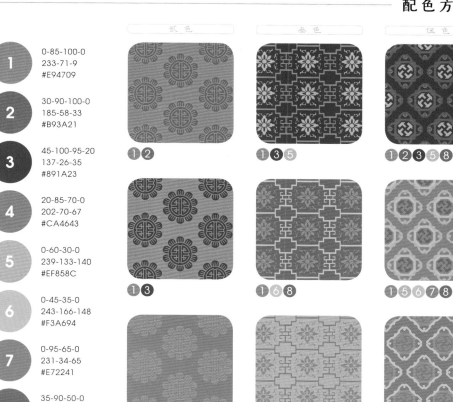

贰色　　叁色　　伍色

❶❷　　❶❸❺　　❶❷❸❺❽

❶❸　　❶❻❽　　❶❺❻❼❽

❶❹　　❶❹❺　　❶❹❻❼❽

正朱为尊

自明朝始，朝廷就一再申饬，寻常官民家里"不许朱红金饰"，也就是将朱漆及金饰为皇室所垄断，清代延续此制，对朱红相关的事物严加管理。如祭告太庙时所用的礼器之一规定为"朱漆盘盌"，宫廷所用衣架、屏风或轿子多为"朱红漆饯金彩妆"，灿烂夺目，富贵艳丽。另外，宫殿是最高统治者——皇帝的活动场所，须显示皇帝的"矜贵富有"和"天下至尊"的身份，因而清代的宫殿建筑也普遍采用朱红，如太和殿以朱红墙面搭配金黄琉璃瓦，体现出天子的权威，显得异常庄重和沉稳。同时清代帝后陵寝及庙宇也使用了朱红的门窗与柱子。

朱砂墨

▲ 图 2-1 清 云龙朱砂墨

在清代，朱红常为御笔所用，而御笔所蘸朱红多来源于朱砂墨。皇家绘画和批答，用的是朱砂研磨而成的粉，将其胶合成条块状，在砚上磨就能磨出鲜红色的墨，此为"朱砂墨"。朱砂墨颜色浓艳通透，红色纯正，不容易变色，易于保存。上等的朱砂墨又叫作"御墨"，清代皇帝通常采用朱砂墨批阅奏折和颁发圣旨文书，或用朱笔在收藏的绘画作品上题词。御墨多成套制作，题材与图案多样，或美如诗画，或大气深沉。

图2-1为清代的云龙朱砂墨，共四件，成套，长方式，通体颜色纯正，沉秀红润。四件图案各有不同，不过皆以金粉模印金龙，龙身弯曲，势如腾飞直上；五爪腾空，须发飘飞，有上古神兽威仪；同时饰以如意云纹，填充墨身，金龙倏忽而上，有如破九天云霄之态，纹饰流畅。其用色上，金与朱红底色相映，尊贵与典雅兼具，明亮与沉稳兼得。整体上看，此朱砂墨工艺精湛，色彩绚丽浓妍，彰显出了皇家的至尊气质。

朱漆大门

▲ 图 2-2 清代故宫寿康门（局部）

因经久不褪色的特点，除了用于纸墨中，朱红还常用在清代宫廷的建筑中。清朝规定，皇宫正殿门为朱红；一品至三品官员府第门为红；四品以下官员府第门为黑。传统中式建筑多坐北朝南，因此房屋的主体部分及经常可以得到日照的部分，如大门，一般用朱红等暖色涂刷，屋檐下的阴影部分，则用蓝绿相配的冷色装饰彩绘，冷暖对比下，就更强调了阳光的温暖和阴影的阴凉，也能为建筑带来生趣。不仅如此，朱红的门窗部分和蓝绿檐下彩绘往往缀以细致的金线和金点，蓝绿之间也以少数朱红点缀，使得彩绘图案更加活泼，增强了装饰效果。除此以外，自古还有"朱户"一说，即指朱红大门，是古代帝王赏赐诸侯或有功大臣的，古为"九锡"之一，常人不能乱用，只有天子恩准，门户才可涂上朱红，是一种高规格的待遇，是身份的象征。

《大清会典》中记载："宫殿门庑皆崇基，上覆黄琉璃，门设金钉。"不仅是各处正殿，城门也多用朱漆，且上有固定的金色门钉，如图2-2中的故宫寿康门。这样的朱漆大门搭配金色门钉，与辽阔清澈的蓝天相映，显得尤为庄重大气，令人赏心悦目。俯瞰紫禁城，红色的宫墙与黄色的琉璃瓦屋顶交织产生强烈的视觉冲击，把皇权的威严展现得淋漓尽致。

桃纹

在神话传说中，西王母种植有蟠桃树，数千年才开花结果，因此桃是长寿的象征，民间也有"榴开百子福，桃献千年寿"的谚语。这美好的寓意使得桃纹样为人们所喜闻乐见，成为清代的流行纹样之一，在金银器、瓷器、年画、刺绣、丝织品、雕刻等上极为常见。在织品上，桃纹由清代早期较多的缠枝桃纹逐渐向折枝桃纹转变，桃纹形态更偏重以丰满圆润的桃果为主体，表现了人们祈求对生活圆满的一种寄托。

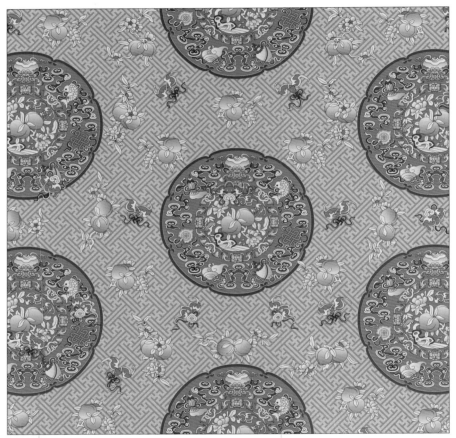

纹样绘制参考：红色缎绣桃金斜万字云蝠八宝纹福星衣

图中纹饰中心为一团花纹葵口，主体为桃纹，周围饰以八宝纹与云纹，其他各处也有规律地缀以桃纹。团花外则布满连续不断的金彩绘万字纹，整体给人吉庆、祥和之感。

主体桃纹为渐变绯红，金色万字纹铺设在朱红底色上，朱红、大红、铬黄、粉红、金色等纯度较高而明度适中的暖色组合在一起，显得尤为欢乐喜庆，寓意幸福美满。

缠枝莲纹

清代的缠枝莲纹多采用二方或四方连续形式，空间宽阔，布局较为疏朗，纹样规整、对称，花叶形状较前代更小，花头和枝叶的姿态灵活多变。不同的工艺和器具所展现的缠枝莲纹颜色不一，比如青花瓷器上的缠枝莲纹多为白底蓝花，其中最上等的是蓝中泛紫的颜色；珐琅彩瓷器上的缠枝莲纹则色彩丰富，有红色、白色、黄色、紫色，明快俏丽，惹人喜爱。

纹样绘制参考：朱红地缠枝莲纹回回织金银锦

图样中的缠枝莲纹莲瓣饱满，莲盘刻画得较为瘦长，叶片刻画细节较多，具象写实，呈现出立体化的效果。枝叶连绵起伏，枝节相连，枝、叶、花相生相息，装饰效果极强。

● 0-85-100-0	233-71-9		
● 30-85-90-0	186-70-45	● 0-85-100-0	233-71-9
● 20-35-60-0	211-172-111	● 20-100-100-0	200-22-29
● 45-60-65-0	158-114-90	○ 0-10-10-0	253-337-228
● 5-15-25-0	243-223-195	● 60-20-80-10	109-154-79
● 85-65-45-5	51-88-114	● 80-80-20-10	73-64-126
● 30-5-25-0	190-218-201	● 0-90-0-0	230-46-139

珊瑚红

珊瑚红取自海底珊瑚，是一种如珊瑚般亮丽的赤橙色。古代常将红色的珊瑚研成粉末作为颜料使用，清代《芥子园画谱》就称唐画中有一种红色，经久不变，鲜如朝日，这就是用珊瑚粉研制的珊瑚红。另外，珊瑚红还常用以点缀项珠、顶戴等饰品，颜色越红越贵重，"珊瑚秀色满彤墀"正是富贵的象征。

在清代，珊瑚红的应用非常广泛，例如皇帝在祭拜的时候，必须佩戴用红珊瑚制作的朝珠，后妃等也有相应的珊瑚珠佩戴规定。珊瑚红因鲜艳、古典、优雅的色彩备受宫廷欢迎，除举行仪式外，日常所用器物也多用此色。康熙时期曾经创烧过一种低温铁红釉，则为珊瑚红，颜色能与天然珊瑚媲美，较为名贵。雍正时期有所创新，将珊瑚红用作底色，上面绘以五彩或粉彩，其中精品有珊瑚红地珐琅彩兰花纹梅瓶、珊瑚红地粉彩花鸟纹瓶等。乾隆时期的珊瑚红器具多用描金装饰，更显奢华，有时还以珊瑚红为彩饰，点缀在器物的双耳处。

0-70-70-0　237-109-70　#ed6d46

出自清代珊瑚盆景

相关色 ●

暮色

暮色即落日时的天色，微带橘红。暮色晚景在古代文人笔下，总带有惋惜、无奈的情感色彩。唐朝诗人李嘉祐有『暮色催人别，秋风待雨寒』之句。

10-60-65-0
224-129-85
#e08155

海天霞

海天霞白里微红，淡雅中带着娇艳。该颜色出自明代宫廷『内织染局』，海天霞的面料常用于宫人制作衫子，是明代特有的女子服色。

5-45-35-0
235-164-148
#EBA494

曛黄

曛黄是一种天空的颜色，黄昏时分太阳落到地平线以下，折射到天边的余光，红中透黄。晚清诗人陈曾寿用曛黄、天水碧、夕阳红着色，画出了一幅南屏晚钟的黄昏美景。

20-80-75-0
203-82-62
#cb523e

配色方案 ●

		贰色	叁色	伍色
①	0-70-70-0 237-109-70 #ed6d46			
②	10-60-65-0 224-129-85 #e08155			
③	5-45-35-0 235-164-148 #EBA494			
④	20-80-75-0 203-82-62 #cb523e			
⑤	35-95-100-10 166-42-32 #A62A20			
⑥	0-15-40-0 253-224-165 #FDE0A5			
⑦	0-30-40-0 248-196-153 #F8C499			
⑧	0-45-85-0 245-163-45 #F5A32D			

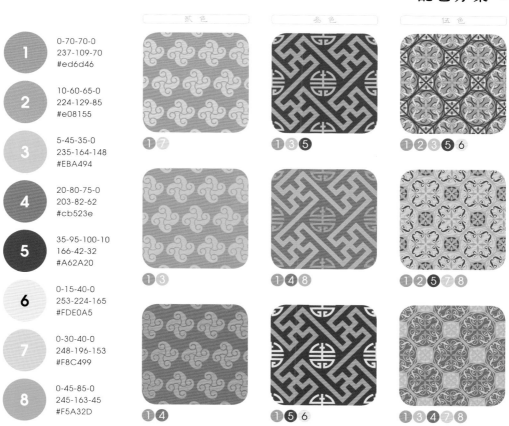

①⑦　❶❸❺　①②③❺⑥

①❸　❶④❽　①②❺❼❽

①④　❶❺⑥　❶❸④❼❽

绚彩夺目

▲ 图 2-3 清 掐丝珐琅桃蝠山子盆红珊瑚盆景 北京故宫博物院藏

红珊瑚生长周期长，是拥有数千年生命的灵物。在清代，珊瑚被视为吉祥、财富的象征，因而深受追捧。皇家服饰制度规定许多体现等级的饰品一定要以红珊瑚为原料进一步加工，如帝后朝珠与一、二品官员的顶戴等。已知的仅故宫博物院收藏的明清红珊瑚制品就有上千件，其中包含盆景摆设，但多为配饰。珊瑚红与各色搭配时，总是能艳压群芳，尽显典雅尊贵。

清朝极为重视珊瑚的自然形态及特殊质感，因而在盆景摆设的创作中更注重保存与展示珊瑚的原有形态。清宫中就常常以珊瑚、玉石等材质来做树的枝干，另以他物做花、果、叶集于一盆中，运用錾刻、累丝、雕刻等工艺制成复合像生盆景，火红的珊瑚树缀以碧绿、金黄花叶，满目琳琅。

当然，以珊瑚所制的盆景并不由工匠随心所欲地创作，其蕴含着吉祥寓意。图2-3所示的掐丝珐琅桃蝠山子盆红珊瑚盆景，是为乾隆皇帝的五十大寿制作的，上饰有九桃加九蝠，具有福寿双全、长长久久、一派喜气的吉祥寓意。红珊瑚大枝，一枝色偏红，一枝色偏粉，质地细腻，色泽艳丽，呈弱玻璃光泽，仿佛一棵茂盛的火树，向四周伸展开来。下为掐丝珐琅盆底座，绿底配以金黄、红、蓝的花纹，纹饰精美华贵。漂亮的花盆映衬得红珊瑚更加灿烂夺目，彰显雍容华贵。

珊瑚朝珠

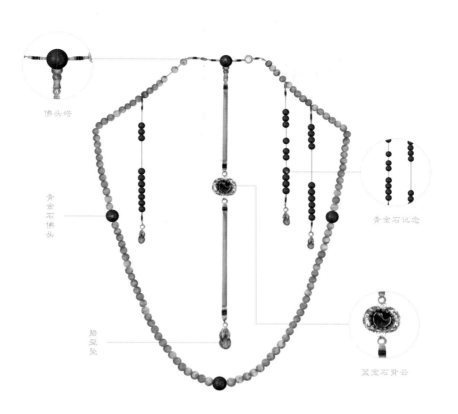

佛头塔

青金石佛头

碧玺坠

青金石记念

蓝宝石背云

▲ 图 2-4 清 珊瑚朝珠 北京故宫博物院藏

以珊瑚红作为装饰色彩是清朝宫廷美学中较为显著的特征，而其中最能彰显地位的便是珊瑚朝珠。朝珠为清朝皇帝和官员特有的一种朝服配饰，珠串较长，挂在颈项上，用以显示身份和地位。《大清会典》专门对朝珠的使用提出了十分严格的规定，不同的身份、不同的场合所佩戴的朝珠，都各不相同。例如在宫中举行大典的时候，后妃要佩戴三串朝珠，皇后与皇贵妃相同，中间挂东珠朝珠，两边搭配珊瑚朝珠；贵妃中间挂东珠朝珠，两边挂青金石朝珠；其他妃嫔中间挂珊瑚朝珠，两边搭配琥珀朝珠。朝珠颜色艳而不妖，彰显无与伦比的皇家气派。

图2-4所示的珊瑚朝珠根据12月、二十四节气、七十二候为一年的说法，将总数定为108颗，与其他朝珠不同的是，其多由珊瑚珠串缀而成，在主珠中，每隔27颗穿入一颗青金石质的"分珠"，其被称为"佛头"。位于颈后的大颗青金色珠缀饰件，称为"佛头塔"，珠中穿缀了明黄色丝绦，中间串入一大块椭圆形的蓝宝石的"背云"，末端垂下一颗粉红色碧玺坠角。此串朝珠通体为珊瑚红，如正午日中之盛，与悠远深邃的青蓝色搭配，体现出皇家的富贵和奢华。

寿字纹

寿字纹是文字纹的一种，利用"寿"丰富的异体字构造而设计的吉祥字纹。清代的寿字纹常用于服饰和瓷器上。如乾隆皇帝的多件龙袍上带长形和圆形刺绣寿字纹，多缀以灵芝纹，有福寿万代之意。此外，瓷器上寿字纹的应用有康熙时期景德镇所产的青花万寿纹梅瓶，寓意"万寿无疆"，民间寿字纹更趋于朴素，多者"百寿"足矣。下图中寿字纹原物，与不封闭的团窠图案结合，又有如意纹、葫芦纹、万字纹等规律填充，以花叶相续相连，有福寿安康、大吉大利之意。

纹样绘制参考：青色缎钉绣珊瑚米珠盘肠寿字纹帽头

从色彩上看，珊瑚红的寿字纹清丽温润、古朴厚重，且葫芦纹与如意纹的浅金色表现出富贵、瑰丽，有福寿无疆的寓意。

绳结两旁各有一只暗红色的蝙蝠，与珊瑚红寿字颜色相互呼应，寓意"洪（红）福（蝠）齐天"。

喜字纹

喜字纹包括单喜纹和双喜纹两种，皆有喜庆祥瑞之意。自宋至清，双喜纹的运用比单喜纹更广泛，多用于剪纸、家具、建筑、瓷器、织锦中。清宫中也有一些双喜纹的绣品，如光绪年皇后大婚所穿红纳纱百蝶金双喜单氅衣，就是在红纱地上绣制百余只两两相对的彩蝶，彩蝶中有双喜纹，寄托了婚姻美满、双喜临门的祝福。下图中双喜纹也是在团窠花纹上盖以珊瑚红双喜字，弯曲的树枝把背景中的花鸟和喜字连接在一起，有"喜事连连"的寓意。

纹样绘制参考：石青色缎绣有水雀梅缋珊瑚

此缎铺呈石青色，上有由青色与浅金相互交错的花，最上层为珊瑚红双喜字，以暗底衬托喜字的红亮鲜艳，颇有层次，以色点题，表现出吉祥喜庆，双喜临门。

● 0-70-70-0	237-109-70
● 25-45-80-0	200-150-67
○ 5-10-20-0	244-232-209
● 35-80-90-0	177-80-47
● 85-55-25-0	34-104-150
● 50-20-50-0	142-175-140
● 95-95-60-45	23-27-75

● 0-70-70-0	237-109-70
● 20-25-30-0	211-193-175
● 35-40-65-0	180-154-100
● 45-60-70-0	158-114-83
● 60-75-100-40	90-56-25
● 85-70-65-30	45-65-70
● 80-65-35-0	69-92-129
● 95-95-60-45	23-27-55

胭脂水

胭脂水是清代康、雍、乾年间的官窑瓷器色，是微微偏紫的粉红色。清代的胭脂水釉瓷器，主要以黄金为呈色剂，施于白釉之上，颜色匀净明艳，如同娇艳的粉红玫瑰，红白相映，瑰丽无比。在灯光照耀下，有一种欲说还休的明艳娇媚。

胭脂水釉创烧于清代康熙时期，雍正和乾隆两朝依然非常盛行。雍正年间的胭脂水最为有名，也最为珍贵，胎质极薄，内施白釉，外用胭脂水釉，内外辉映，因此颜色为娇艳的粉红色。至乾隆年间，胭脂水颜色稍逊，偏红紫色。胭脂水烧制的瓷器釉壳，其成色光泽明净，手感柔和润滑。陈浏在《匋雅》中评论这种釉色如同娇艳的红玫瑰。清朝对红釉瓷器的创烧不止有胭脂水釉瓷器，康熙皇帝曾派郎廷极在江西景德镇官窑，监督烧造出"郎窑红""美人醉"等形式多样的红釉瓷器，该瓷器惊艳世人，广为追捧。

0-55-15-5　240-145-167　#F091A7

出自清代胭脂水釉瓷器

相关色 ●

水红

5-40-10-0
236-176-193
#ecb0c1

水红是比粉红略深且较鲜艳的颜色。在古代，年轻女子多习惯穿着这种颜色的服饰。如《红楼梦》中就有：『一件水红妆缎狐肷褶子。』

苏梅

0-65-0-0
236-122-172
#EC7AAC

苏梅是用杨梅染制而成的植物色，常用于织物。在古代，该颜色可用于形容女子不胜酒力后的肤色。

十样锦

0-35-25-0
246-188-176
#F6BCB0

十样锦是从蜀锦衍生而来的颜色。十样锦最初为五代十国时期蜀地出产的十样蜀锦的统称，后独有粉色成为蜀锦的代表，就保留了十样蜀锦的色名。

配色方案 ●

1	0-55-15-0 240-145-167 #F091A7
2	5-40-10-0 236-176-193 #ecb0c1
3	0-65-0-0 236-122-172 #EC7AAC
4	0-35-25-0 246-188-176 #F6BCB0
5	10-20-0-0 231-213-232 #E7D5E8
6	0-10-10-0 253-237-228 #FDEDE4
7	15-70-55-0 213-105-95 #D5695F
8	10-45-60-0 228-159-103 #E49F67

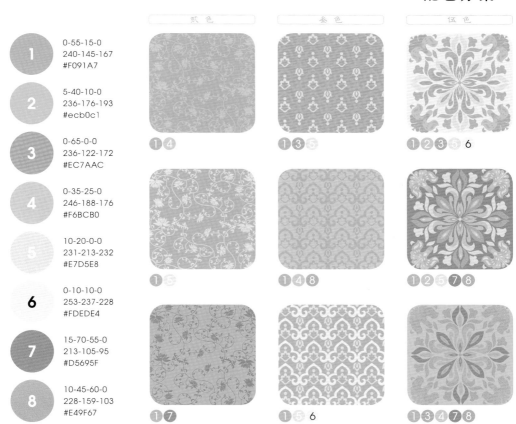

贰色　　套色　　伍色

❶❹　　❶❸❺　　❶❷❸❺ 6

❶❺　　❶❹❽　　❶❷❺❼❽

❶❼　　❶❺ 6　　❶❸❹❼❽

胭脂如醉

胭脂水，常运用于粉彩及珐琅彩器上，均产自景德镇御窑厂。胭脂水瓷胎在制作时，里釉通透白皙，极其细薄，如陈浏《匋雅》所言"釉薄于蛋膜者十分之一"。这比蛋膜细薄的釉胎，在外釉颜色的映照之下，呈现通体粉红。至乾隆时期，瓷胎才逐渐加厚，也因此颜色随之略减泛紫，更显里釉之白。胭脂水虽然是低温发色，但是上好的胭脂水器具离不开高温烧制的胚体，然后再进行二次的烧制。流传下来的胭脂水茶器，红润明艳妖媚，雅致非常，别具情调。同时因为其烧制不易，所以应用并不十分广泛。

胭脂水釉碗

▲ 图2-5 清 雍正款胭脂水釉粉彩花蝶纹碗 北京故宫博物院藏

胭脂水釉是一种红粉低温釉，因其釉料中含金，也称"金红釉"。雍正时期所生产的胭脂水釉瓷器造型多样，以小巧玲珑的杯、盘、盂、瓶等器具为主。用胭脂水釉烧制的器具大多数都是内为白釉，外为金红釉，也有极少部分同时将内外部均施以金红釉。这点也体现在《匋雅》的记载中："胭脂红碗碟，多系内层洁白……其小碟有作两面脂红者……尤为难能可贵。"金红釉的颜色有深浅之分，其中颜色较为浅、淡的一般称作"胭脂水"，比胭脂水颜色稍重的颜色为"胭脂紫"，而更加淡的颜色则是淡粉色。

图2-5所示为雍正款胭脂水釉粉彩花蝶纹碗，碗口内敛不外撇，碗壁略有弧度，浅腹平底，碗底承制圆形圈来托底，是较为典型的胭脂水釉碗。其釉色也为内白而外脂红色，即在其碗壁雪白的釉色上施以细密均匀的胭脂水釉，从而达到红白相互映照的效果。

雍正款胭脂水釉梅瓶

▲ 图2-6 清 雍正款胭脂水釉梅瓶 北京故宫博物院藏

梅瓶瓶体较为修长，瓶颈较短，自腹部以下逐渐往内收敛，至瓶足处又略向外撇，瓶底略瘦，因瓶口窄小以插梅花枝为主，故此得名。梅瓶在唐朝时便已出现，宋时常被称为"经瓶"，作盛酒用器，并演变出很多新品种，明朝之后改称梅瓶。到了清朝，梅瓶已逐渐脱离了"酒具"的实用性，多用于陈设。清朝的梅瓶肩硕而挺阔，胫部微微内收，近底部外撇，在颜色和造型上都愈加精美，如雍正时期的红釉梅瓶除了光素无纹饰的种类之外，还有红釉留白龙纹装饰技法的品种，均仿制于明朝正德时期的红釉瓶。图2-6所示的雍正时期所造的胭脂水釉梅瓶即红釉梅瓶之翘楚。

传世梅瓶虽多，但是淡粉红色金红釉梅瓶却极其稀少，以胭脂水釉为代表的金红釉在雍正时期红釉的种类中，十分名贵，传世品稀少。图2-6所示的雍正款胭脂水釉梅瓶，其工艺是在烧制完成的薄胎白瓷外壁上，吹上一层极其薄含金的铅釉，再经过800～850℃烘烤而成。其发色机理是悬浮于铅硼熔剂中的胶体金粒子对光有选择性地吸收，从而形成略带紫红的颜色，加上器内器外的颜色映照对比，更显华丽。若在调制釉时加入不同金属元素，釉色也会随之发生奇妙的变化。雍正款胭脂水釉梅瓶胎薄、体轻、线条优美丝滑，造型挺拔秀丽，釉面色彩匀净，通体皆是胭脂水釉色，里釉雪白通透，外釉鲜艳明丽，若桃花初开，颜色娇美。

折枝花纹

折枝花纹自宋朝时期便开始流行，至明清时期，品种多以水仙、西番莲、菊花、牡丹、梅花、桃花等寓意美好、富贵、吉祥、高雅的形象出现。折枝花纹的构成不受轮廓的限制，用于描绘一枝或多枝花卉、果实，且与周围纹样没有明显的连接，经常以单独纹样表现，常见于瓷器的装饰纹样中。下图中，折枝花纹在胭脂红、蓝地的瓷器外壁上彩绘而成，同时与釉上胭脂水、蓝地搭配，衬托出折枝花纹高雅端庄且活泼的特点。

纹样绘制参考：乾隆款胭脂红蓝地轧道珐琅彩折枝花纹合欢瓶

如意云纹，状似灵芝头部，故又称"灵芝云"。古代灵芝被视为仙草，是吉祥长寿的象征，因而人们制作的如意头部多采用灵芝头的形式。

西番莲因和日晷相似，也称"时钟花"。图中黄、蓝、绿的西番莲，与胭脂水釉地形成鲜明对比，色彩活泼。

牡丹纹

牡丹素有"百花之王"的美名，自唐代起便因雍容华贵、妩媚艳丽的形象而广受世人喜爱，又因色香俱佳被誉为国色天香。至清朝时，牡丹纹得到了进一步发展，常见于瓷器及丝织品的装饰图案。牡丹纹除折枝牡丹纹、缠枝牡丹纹等较为固定的构图模式外，也有灵活的构图形式。下图中，胭脂水的底色之中，牡丹纹与折枝茶花次第排列，花朵硕大饱满，绚丽夺目。

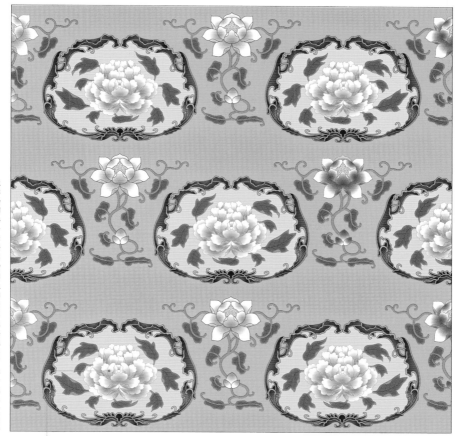

纹样绘制参考：康熙御制款胭脂红地珐琅彩开光折枝牡丹图碗

将冷暖对比强的红绿色牡丹绘于黄蓝色之中，层次分明，彰显出牡丹的高贵、不俗、雍容大度的气质。

0-55-15-0	240-145-167	0-55-15-0	240-145-167
0-20-100-0	252-208-0	0-10-75-0	255-228-80
0-70-100-0	237-108-0	60-0-70-0	107-188-110
0-90-65-20	201-45-57	70-0-65-45	31-122-81
40-0-100-0	171-205-3	55-0-0-0	107-200-242
75-20-55-0	50-154-131	95-85-20-20	24-50-114
95-65-10-5	0-84-153	15-60-60-40	153-88-65
0-0-0-0	255-255-255	0-0-0-0	255-255-255

明黄

明黄即正黄，如阳光般鲜亮夺目的颜色，色彩纯度很高。略显微青的明亮冷调黄色，可从槐米、黄檗、栀子、姜黄、柘树等植物中提取。明黄也是清朝历代皇帝朝服的颜色。

清朝时期，认为黄色是五正色中，居于诸色之上，是位处四方中央的正统权力的颜色，且以明黄为贵，凌驾于一切颜色之上，被立为皇帝专用色。如《皇清开国方略》记载："黑狐帽、五爪龙、明黄、杏黄、金黄等服非赏赐不得用。"除此以外，在当时以明黄纱或绸缎原料缝制成的"黄马褂"，则属于皇上最高的赏赐，只有皇族、御前大臣、有功勋的文武官员以及朝廷特使等经钦点后才可受用，民间一律禁用。

0-15-80-0　255-219-63　#FFDB3F

出自清代皇帝吉服

相关色

橙黄指像橙子黄里带红的颜色。苏轼《赠刘景文》中用『橙黄橘绿』来形容柳橙熟后的颜色。橙黄也像绍兴黄酒的颜色。

橙黄

0-40-80-0
246-173-60
#F6AD3C

金黄是一种微露金属光泽及呈微红的暖黄色，多指黄金的颜色。金黄色，自古即象征富贵华丽、辉煌、财富、权势及宗教的色彩。

金黄

15-30-90-0
223-182-36
#DFB624

缃色是指一种略露清色的浅黄色。《释名》解释为：『缃，桑也。如桑叶初生之色也。』缃色亦指经漂染过的丝帛棉织品的色泽。

缃色

15-10-90-0
228-215-29
#E4D71D

配色方案

1
0-15-80-0
255-219-63
#FFDB3F

2
0-40-80-0
246-173-60
#F6AD3C

3
15-30-90-0
223-182-36
#DFB624

4
15-10-90-0
228-215-29
#E4D71D

5
35-15-65-0
181-193-112
#B5C170

6
10-10-30-0
235-227-189
#EBE3BD

7
10-40-90-40
163-118-15
#A3760F

8
50-0-10-0
129-205-228
#81CDE4

贰色

①⑤

①②

①⑦

叁色

①④⑥

①③

①②⑧

伍色

①②④⑥⑧

①③⑤⑥⑦

①②⑤⑥⑦

帝王专色

纵观不同朝代皇帝的龙
袍，曾然都为黄色，但
有所不同。清代之前的
黄袍为"柘黄袍"，而清
代则改为"明黄袍"。清
代皇帝朝服颜色是由槐
米和明矾媒染而成的明
黄色。当时服饰等级有
非常严格的明文规定，
皇帝的服饰分别有：朝
服、吉服、常服、行服、
甲胄等。其中，甲胄中
最为华丽的大阅甲及皇
帝的吉服（龙袍）给人
印象最为深刻。相比清
代之前黄中带赤的柘黄
袍，明黄袍更有朝气，
给人以帝王的感觉。

大阅甲

▲ 图2-7 清 郎世宁 《乾隆皇帝大阅图》 轴 北京故宫博物院藏

大阅甲是由锦缎与金、银、钢等材质制成的服饰。其用途与其他甲
胄不同，是为配合清代盛大的阅兵式而制定的。为了保持传统和
整肃军容，皇帝会定期组织大规模的军事演习，用以检验和提高军
队的战斗力。大清皇帝和宗室大臣，凡参加这类活动的，都要穿盔
甲，而最为精美的则是皇帝的大阅甲。

图2-7为郎世宁画的《乾隆皇帝大阅图》轴，描绘的是乾隆皇帝身
着明黄色的大阅甲，亲临南苑检阅八旗军的队列及各种兵器、火器
的操练活动的场景。此甲整体为明黄缎绣，上衣左、右襟各以金线
绣一条正面升龙，龙身用红、绿线勾边，火焰云用金线勾边。云纹
的颜色各异，以绿色、墨绿色为主，四合如意云纹则用粉、粉红、
红、月白、蓝等。大阅甲上还绣有平水、寿山、海珠、杂宝、珊瑚
等纹饰。皇帝着明黄色的大阅甲出席，更加彰显皇帝对阅兵活动的
重视，以壮军威、鼓士气。

▲ 图 2-8 清《雍正帝读书像》轴 北京故宫博物院藏

吉服在服饰规格地位中仅次于朝服，一般于吉庆宴会、朝见臣属等重大场合穿着。吉服的颜色以黄为主，明黄为贵，会根据不同的用途，用不同的颜色：如冬至祭天时用蓝色，夏至祭地时用明黄色，春分祭日时用红色，秋冬祭月时用月白色。清代皇帝龙袍，大多以明黄色为地，绣有金色龙纹，以及以蓝色、绿色、白色为主，搭配少量红色的海水江崖纹等辅助纹饰，总体上给人一种奢华印象，色彩十分丰富。

图2-8为《雍正帝读书像》轴，描绘的是雍正皇帝身着明黄色吉服端坐于锦垫之上，手捧书卷，默默沉思，仿佛在体味书中三昧。此袍在明黄色缎地上绣有九条代表"九五之尊"的彩云蝠寿金龙纹，前胸、后背各三条，两肩各一条，从前胸或后背都能看到五条龙，暗喻帝王"九五之尊"。还有一条龙藏于衣襟里，较为隐秘。袍上还有海水江崖，以及日、月、星辰、山、华虫等十二章纹样，绣工细腻端正，构图气势恢宏，配色华丽，寓意吉祥，展现出天子富有四海、气动八方的卓绝风范。

云龙纹

该纹样以明黄色为地，有正龙纹、行龙纹。正龙正襟危坐，行龙极富活力，龙袍下摆斜向排列着许多弯曲的线条，名为"水脚"。水脚之上，还有翻滚的水浪，水浪之上又立有山石宝物，俗称"海水江崖"，具有绵延不断、统一山河、万世升平的吉祥寓意。这些纹样不论是形态还是位置的排列，都彰显了帝王的威严。

纹样绘制参考：黄纱绣彩云金龙单龙袍

行龙纹即侧身的龙，按上下不同的朝向分为"升龙"和"降龙"，常双双相对构成双龙戏珠。

海水江崖纹俗称"江牙海水"，常饰于龙袍、官服下摆。图案的下端有水脚，水脚之上有水浪，水中立一山石，并有祥云点缀，有福山寿海、一统江山的含义。

团龙纹

团龙纹起源于唐代，龙的形体被处理为圆形，普遍装饰于清代瓷器、织锦上。古人认为龙是祥瑞的象征，且团龙纹饰适用性强，龙形也完整，因此运用广泛。团龙的表现形式多种多样，常见有"坐龙团""升龙团""降龙团"等，且常与水波、如意、草龙等纹样结合使用，使团龙纹华丽而生动。下图中，酱色地上以明黄色的四合如意云头纹、团龙纹为主，杂宝纹为辅，有一团和气、吉祥如意的美好寓意。

纹样绘制参考：明黄色祥云团龙纹漳绒料

将龙纹设于圆内，构成圆形的纹样。团龙的圆边还装饰有水波、如意、草龙等装饰。

0-15-80-0	225-219-63
15-30-75-10	208-172-74
15-75-65-0	212-94-77
35-95-90-10	166-41-42
70-30-90-20	76-152-58
10-0-5-5	228-239-238
30-15-80-0	224-202-118
85-65-25-25	39-74-118
45-0-35-0	150-208-182

杏黄

杏黄也叫"松黄""赤黄"，稍红于橙黄，是一种黄中带红的颜色，如成熟的杏子的颜色。《本草纲目》中记载，可用柘木汁染出黄赤色，近杏黄色。而清朝《凤仙谱》认为杏黄带浅红，是用赭色、朱色融合而成的颜色。杏黄最早作为色彩名开始于宋代，至清代正式用于服色，以表明使用者的地位尊贵显赫。

杏黄在清代服色等级中仅次于明黄。大清典章规定，皇太子用杏黄。乾隆时期《皇朝礼器图式》中明确规定皇太子及其妃袍色用杏黄，可见杏黄在典制中地位之高。但因为雍正实施秘密建储后便不再公开皇太子人选（除乾隆公开立颙琰为太子），之后的公开场合中便很少出现杏黄的太子服制，所以实际上杏黄作为太子服制用色在清朝只短暂出现过。到清末时，杏黄舆服已经用于皇帝的恩赏，笼络亲近，如咸丰时期赏赐科尔沁亲王僧格林沁杏黄端罩，光绪时期特赏载湉的亲生父母醇贤亲王及福晋在京城外可以乘坐杏黄轿和使用杏黄伞盖。

5-60-85-0　232-130-46　#E8822E

出自清代蟒袍

相关色 ◈→

裙』更是给郁金染上了几分旖旎的气息。经被广泛应用。诗人笔下的『碧罗衫子郁金取的颜色。自汉代起，郁金作为黄色染料已郁金是从姜科植物温郁金或姜黄的块根中提

郁金

20-55-85-0
208-134-53
#D08635

蛾破茧而出之前，蚕蛹的颜色。人李斗写道『蛾黄如蚕欲老』，指的就是飞蛾黄即蚕蛹的颜色。『蛾』指蚕蛹，清代文

蛾黄

30-50-90-0
190-138-47
#BE8A2F

雅，色调别致而精美。用姜黄染色的服饰和织物通常色泽自然、优姜黄是取自姜科植物姜黄根茎的天然植物色。

姜黄

0-30-60-0
249-194-112
#F9C270

配色方案 ◈→

1	5-60-85-0 232-130-46 #E8822E	
2	20-55-85-0 208-134-53 #D08635	
3	30-50-90-0 190-138-47 #BE8A2F	
4	0-30-60-0 249-194-112 #F9C270	
5	45-80-100-10 149-73-36 #954924	
6	0-10-30-0 254-235-190 #FEEBBE	
7	0-25-70-0 251-202-90 #FBCA5A	
8	0-30-30-0 248-197-172 #F8C5AC	

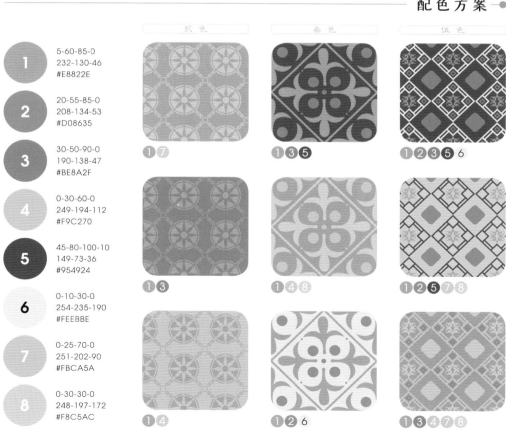

贰色 叁色 伍色

❶❼ ❶❸❺ ❶❷❸❺❻

❶❸ ❶❹❽ ❶❷❺❼❽

❶❹ ❶❷❻ ❶❸❹❼❽

富贵尊荣

清以黄为贵，而黄色系的使用又有不同。按照大清典章规定，皇帝穿用明黄，皇太子用杏黄，皇子用金黄，其中杏黄与冉冉东升的朝阳颜色相近，以示即将传承帝王至高无上的权威。皇太子冬朝服有两种形制，两种颜色都是杏黄，披领及裳都缘有貂，或为紫色，或为石青色，袖端缀以薰貂，两肩前后各绣一条正龙，点缀六条小龙在五色云中穿行；夏朝服也是杏黄色缎面。

花盆底鞋

▲ 图 2-9 清 月白色缎钉绫绣花盆底女央鞋 北京故宫博物院藏

清代花盆底鞋，又称旗鞋，是清朝时满族妇女穿的一种鞋子，其以木为底，多为贵族女子穿着。清代宫廷的旗鞋在色彩设计上，一般选取黑、白、赤、黄、青这五色来进行配色。且百姓与显贵不能使用明黄、杏黄、绿等等级较高的色彩面料制作鞋面，即使是贵族也只能穿金黄或深黄。

图2-9中的花盆底鞋，女子穿其行走时，会更淑女，其有约束女子仪态的作用。该鞋以金黄缎面为地，采用钉绫绣技法，用黄色搭配黑色，黑色鞋口处绣一圈青蛙、蛇、蝎子、蜈蚣、蜘蛛、壁虎等形象，寓意驱除邪恶，纳福求祥。这些图案下的鞋面上的点缀色即杏黄，与蓝色波纹形成强烈的色彩冲击。使用蓝、绿、黄等撞色的设计也相对巧妙，让色彩搭配更为和谐，加上杏黄圆点，使得旗鞋的色彩既富有层次，又能体现细节。

蟒袍

▲　图2-10　清　杏黄色绸绣彩云蝠金龙纹男夹蟒袍（绘制平面图）　北京故宫博物院藏

清代礼服中又有龙袍、蟒袍之分。《大清会典》记载"凡五爪龙缎立龙缎团补服……官民不得穿用。若颁赐五爪龙缎立龙缎，应挑去一爪穿用。"由此可知，龙袍上所绣的龙为五爪，蟒袍上所绣之蟒是四爪。不过清代的高等官员和皇亲国戚受皇上特赐，也可以穿上五爪蟒袍。龙袍为皇家专属，但蟒袍上自皇子，下至九品和未入流者都可穿着，其又根据服色和形态来区分等级。皇太子着杏黄蟒袍，皇子亲王、郡王着金黄蟒袍，以此为贵，又以九蟒最尊；五爪蟒贵于四爪蟒；坐蟒贵于走蟒。贵重蟒袍一般在万寿节、上元节和年节等隆重场合穿着。

图2-10为嘉庆时期的杏黄色绸绣彩云蝠金龙纹男夹蟒袍。此袍形制为杏黄的圆领大襟直身袍，总体上杏黄底色与金黄的主体图案鲜艳温暖，而用冷色调的互补色点缀衣角袖边，对比强烈，吸人眼球。具体来看，蟒袍上有金蟒龙穿梭云海，右衽、马蹄袖片金缘，搭配对称的几条金蟒，周身有五彩祥云，色彩富贵绚烂，下摆还绣有深青色"水脚"和许多波涛翻滚的蓝色海浪，并且在波浪之上绘制有山石宝物，除了表示福气绵延不断，还寄托着"一统山河、万世升平"的愿望。

灯笼纹

灯笼纹是以灯笼作为题材的吉祥纹样，也称为"灯笼锦"。起源与元宵观灯的习俗相关。灯笼纹流行于宋代服饰织锦之上，寓意平安、吉祥、丰收、喜乐。明清时期，灯笼式样争奇斗艳、异彩纷呈，宫灯更为华丽精巧，对应的灯笼纹也是繁复、精致，搭配多种吉祥宝物纹样，运用织金银、镶宝石等工艺，更显奢侈贵重。灯笼纹多用于宫廷节庆习俗应景服饰之上，寓意国泰民安、风调雨顺、五谷丰登、万寿无疆等。

纹样绘制参考：杏黄色云团凤灯笼纹妆花缎头

团凤纹流行于清代。图中，以凤鸟的姿态构成圆形的团凤纹，且杏黄与淡黄，在朱红与柳绿的衬托下显得端庄华贵。

该图案以灯笼造型为框架主体。在灯笼造型不同部位填入吉祥纹、花卉植物纹等，周围加入丰富的辅助元素或纹样，配上杏黄、朱红、桃红等色彩，使其形态万千、包罗万象。

鹤纹

鹤纹是福寿文化的代表纹样之一，鹤被誉为"仙禽"，寓意长寿。唐代，鹤纹开始应用于瓷器之上，以青瓷上的白鹤祥云纹罐较为出名，习称"云鹤纹"。宋代，鹤纹一改唐代繁复风格，变得简洁、自然，其神化寓意加强，宋瓷中出现了仙人骑鹤纹样。明清时期，鹤纹由神化开始走向贵族化，成为一品文官服饰的专用纹样。鹤纹除用于装饰服饰还应用于瓷器、建筑等之上，常与桃纹、松纹组合，寓意延年益寿，吉祥如意。图中杏黄素地上绘有金色松纹、白色鹤纹，纹样上下对错排列，层层相叠的松枝之间仙鹤翱翔，有吉祥和顺、长寿安康的寓意。

纹样绘制参考：杏黄色地松鹤纹织金锦

鹤纹有立鹤、行鹤和
翔鹤三种优雅的姿态。
以中心式、环抱式的
构图为主，形成团状
或以基本单元做连续
排列。鹤纹与植物纹
组合多做主纹，与其
他动物、人物纹组合，
则多以绘画形式表现。

5-65-85-0	231-119-45
0-40-80-10	231-162-56
0-10-35-0	254-234-180
45-0-60-10	144-192-122
60-20-95-30	92-130-41
20-20-0-25	174-170-191
50-50-0-70	61-52-85

5-65-85-0	231-119-45
20-40-60-0	210-163-108
80-100-85-50	51-17-30
0-0-0-0	255-255-255

琉璃黄

琉璃黄主要取自古代宫廷建筑用的琉璃瓦片，因多为金黄釉面而得名。琉璃黄是昔日帝王洲所"以黄为尊"的专用颜色，所以琉璃黄也象征皇权与正统、光明与辉煌，整体色感庄严大气、辉煌灿烂。

明清时期，建筑使用的琉璃色彩有严格的要求，并设有琉璃厂专门烧制宫廷使用的琉璃砖瓦，有金黄、绿、蓝、紫等多种色彩。其中金黄的琉璃瓦是品级最高、品相极佳的琉璃瓦，因此金黄的琉璃瓦多用于皇宫和重要的庙宇，如天安门城楼大殿的屋顶，展现出皇权至尊。黑色琉璃常见于普通庙宇和王公贵族的府邸，青色与华北平原的天空颜色接近，因此用于祭祀类建筑，如天坛祈年殿等。可见琉璃黄在封建时代的建筑色彩中主要用于皇家宫殿建筑，且是皇权至上的标志。

0-20-100-10　237-195-0　#EDC300

出自清代故宫琉璃瓦

相关色 ━●

草黄

草黄即像枯草那样黄而微绿的颜色。这种颜色古典、自然、低调，常出现在诗中以营造秋风萧瑟的意境。

30-30-90-0
193-172-48
#c1ac30

姚黄

姚黄因颜色像牡丹名品『姚黄』而得名，是一种介于黄色和绿色之间的色彩，既清新又淡雅。

15-15-70-0
226-209-97
#e2d161

蒸栗

蒸栗即栗子蒸熟后果肉的颜色，是让人轻松愉悦的颜色。其最早出现于西汉史游编撰的识字和通识课本急就篇中。

15-20-60-0
224-202-118
#e0ca76

配色方案 ━●

1	0-20-100-10 237-195-0 #EDC300	
2	15-20-60-0 224-202-118 #e0ca76	
3	15-15-70-0 226-209-97 #e2d161	
4	30-30-90-0 193-172-48 #c1ac30	
5	30-55-85-0 189-129-57 #BD8139	
6	0-0-25-0 255-252-209 #FFFCD1	
7	0-45-83-0 245-163-51 #F5A333	
8	20-45-90-0 210-152-42 #D2982A	

贰色　叁色　伍色

❶6　　❶❸❺　　❶❷❸❺6

❶7　　❶❹8　　❶❷❺❼8

❶❹　　❶❷6　　❶❸❹❼8

浮光跃金

琉璃瓦

清代为琉璃制作技术大放异彩的时代，烧制出的建筑琉璃可分为铺盖屋顶的瓦、琉璃脊饰、琉璃砖、琉璃贴面花饰等四种类型。琉璃黄主要用在筒瓦、板瓦及构件上，用来铺盖屋顶，其在太阳光的照射下，反射出耀眼的光辉。此外，宫廷建筑上还有龙、凤、狻猊、狮子、麒麟等精工雕琢的琉璃异兽，以及用来砌筑墙面的琉璃砖及琉璃贴面花饰，都使用琉璃黄。这些琉璃构件、屋面、照壁、栏杆在日出日落、光影流转中，显得玲珑剔透、金光熠熠，愈加华贵美丽、气势非凡。

▲ 图2-11 清 故宫琉璃瓦（局部）

琉璃瓦在经历了明代的发展之后，至清代其烧制工艺已十分成熟，色彩也丰富，增加了桃红、孔雀蓝等华丽的釉色。在清工部所制的《工程做法则例》中，明文规定了琉璃瓦件烧制工艺、规格及其与建筑等级之间的关系。其在建筑上有严格的等级规定：皇宫各宫殿、宫廷庙宇、坛庙、帝王庙用黄色，如故宫和清东陵皆为琉璃黄覆顶；雍正时，皇帝特准孔庙可以使用黄色的琉璃瓦，以表示儒学独尊的地位。

图2-11为故宫琉璃瓦（局部）。其宫殿建筑主体为木质结构，多用黄琉璃筒瓦覆顶，造型优美，象征着吉祥和威严，在阳光照耀下像是一片熠熠生辉的黄色海洋。其下为青白石底座，加上大量精致的彩画装饰，金色屋檐下雕栏画栋，金碧辉煌。琉璃黄瓦、汉白玉台基与红墙、青绿花草相映成趣，共同组成了紫禁城宫殿色彩的基调，在蓝色的天幕笼罩下，十分绚丽璀璨。

九
龙
壁

▲ 图2-12 清 九龙壁 故宫宁寿宫区皇极门外南三宫后（局部）

清代的琉璃贴面花饰所装饰的建筑形式中有一种独特的建筑——龙壁，因龙形数量不同，有一龙壁、三龙壁、五龙壁、七龙壁、九龙壁等，而以九龙壁最为尊贵华丽。一般九龙壁建在帝后皇族常居住出入的宫殿、王府正门对面，为照壁的一种，此制只有皇家才能使用。且在砖雕、彩绘、泥塑、琉璃等多种装饰形式中，琉璃装饰最为华贵，色彩最为鲜艳，艺术价值最高，因而琉璃烧制装饰而成的北京故宫九龙壁、北京北海公园九龙壁、山西大同九龙壁尤为突出，并称为"中国三大九龙壁"。

图2-12为故宫宁寿宫区皇极门外南三宫后的九龙壁，建于乾隆三十七年（1772年），是我国唯一与原建筑一起完好保存下来的九龙壁。据说乾隆因喜爱北海的九龙壁，如法炮制，在皇极门前仿建九龙壁。为了和黄琉璃覆顶的皇极门相配，不失气势，故宫九龙壁在北海之制的基础上改进了比例，通过增加长度和降低高度来展现皇极殿的宽阔宏伟。九龙壁的上部用黄琉璃瓦遮盖，壁面使用蓝色琉璃雕饰云纹、山石纹与海水纹，海天之间有黄、绿、蓝色琉璃所制的九条巨龙，翻涌其间，高低起伏，错落有致。其中琉璃黄正龙居中，金鳞在阳光下光彩照人，前爪环抱，后爪分水，龙身环曲，头上托一颗火焰宝珠，目光迥然。该龙左右两侧各有白色、蓝色的升龙、降龙，各自追逐火焰宝珠，还有紫龙、黄龙击浪伸展。九条龙活灵活现，气势非凡，既展现了气魄宏伟的皇家威严，也体现出清代琉璃烧制技术的精妙绝伦。

云鹤纹

鹤纹常与象征着青天的云纹组合在一起，形成云鹤纹，寓意延年益寿，也表达对隐逸、自由的向往。清代的云鹤纹侧重于仙鹤与祥云的整体表现，每一只在云中的白鹤都会展翅翱翔，给人带来磅礴的生命感染力。下图中纹样取自御花园钦安殿前天一门两旁影壁，中心盒子和岔角里面就是用白色琉璃仙鹤和琉璃黄流云做的装饰，有吉祥、长寿之意。

纹样绘制参考：御花园内天一门照壁流云双鹤盒子

云鹤纹是一种典型的瓷器、明清家具及建筑装饰纹样。中心盒子雕刻有两只形态不一的白色琉璃仙鹤，一只翅羽微屈，另一只展翅翱翔，拂云飞舞，仙气飘飘。

琉璃黄的四合云纹造型细腻生动，寓意如意与高升。金色云彩如日光投射相映，围绕在白色仙鹤四周。

缠枝花卉纹

清代的缠枝花卉纹以各种花草的茎叶、花朵或果实为主题，如牡丹、重瓣莲花等花卉，以涡形、S形等形式构成连续纹样或单独纹样，向四周延伸，形成无限伸展之状。花形自然逼真，细密的枝叶悠扬盘绕，雍容而不失妩媚。另外，清代的缠枝骨架基本定型，花头比明代更加丰硕饱满，缠枝的主枝以环状缠绕花头，弯曲形状接近圆形。下图中的缠枝牡丹纹使用琉璃黄地，琉璃砖雕色彩以绿色为主，只在牡丹的花头使用橙黄，整体黄色与绿色的过渡非常自然，尽显富贵之气。

纹样绘制参考：聚宁门照壁 牡丹琉璃盒子

琉璃砖雕的金黄牡丹呈半开放状，花叶俯仰多姿，层次清晰，线条流畅，掩映错落，造型生动，色彩绚丽。

○ 0-20-100-10	237-195-0	○ 0-20-100-10	237-195-0
○ 5-5-65-0	248-234-112	○ 5-5-65-0	248-234-112
○ 25-40-95-0	202-158-28	○ 25-40-95-0	202-158-28
○ 0-10-20-0	254-236-210	○ 0-10-20-0	254-236-210
● 35-85-100-5	172-67-33	● 35-5-70-0	187-207-104
● 100-10-90-0	0-146-81	● 90-30-80-15	0-119-80
● 100-65-35-20	0-75-113	● 35-85-100-5	172-67-33
		● 5-60-85-0	232-130-46

琉璃蓝

琉璃蓝是指蓝色琉璃的颜色。阳光透过琉璃的时候，会照射出蓝色的光芒，色相为带有紫色的湛蓝色，色感庄严、沉重，在清朝的色彩观中是代表上天的颜色。琉璃早见于西周时期皇室王公的身边饰物，是身份和地位的象征，平民百姓难得一见。

迄今为止现存古代规模最大、明清两朝政治权位等级最高的琉璃蓝建筑是位于北京的天坛，以象征青天的蓝色琉璃瓦铺盖屋顶，是清朝皇帝祭天、祈谷、祈雨的坛场。此外还有皇家宫观"轮元阁"，其在尖顶上覆以蓝色琉璃瓦代表天，下部方形覆以黄色琉璃瓦代表地。除了全铺盖蓝色琉璃瓦的做法，还有用蓝色琉璃瓦剪边的做法，即屋顶铺一种颜色的琉璃瓦，在屋顶边缘铺另一种颜色的琉璃瓦，常见的琉璃瓦剪边就有蓝色琉璃瓦搭配紫色琉璃剪边，更显琉璃蓝的深邃。

95-90-45-15　33-49-92　#21315C

出自清代琉璃瓦

相关色 ●→

毛青

100-100-65-15
26-40-71
#1A2847

毛青即毛青布的颜色，毛青布兴起于明代芜湖，在清朝作为馈赠国外使节的礼品。清朝时，一般妃嫔也穿毛青布的衣裳。

绀蓝

95-90-25-0
37-54-122
#25367A

『绀』是指布帛中的一种颜色，也可用来形容天色。《说文解字》中将其解释为『帛深青扬赤色』，指蓝色中透着微红的色泽。

菘蓝

60-40-15-0
115-140-180
#738CB4

从古至今，菘蓝草一直是百姓用来染蓝印花布的天然染料，是古代寻常百姓生活中的常用色。通常先用菘蓝叶制作成可以储存的『蓝靛』，染色时再用蓝靛去染蓝布。

配色方案 ●→

	95-90-45-15 33-49-92 #21315C
1	
2	100-100-65-15 26-40-71 #1A2847
3	95-90-25-0 37-54-122 #25367A
4	60-40-15-0 115-140-180 #738CB4
5	30-15-0-0 187-204-233 #BBCCE9
6	80-40-0-0 24-127-196 #187FC4
7	65-0-25-0 71-188-198 #47BCC6
8	50-10-0-0 130-193-234 #82C1EA

贰色　叁色　伍色

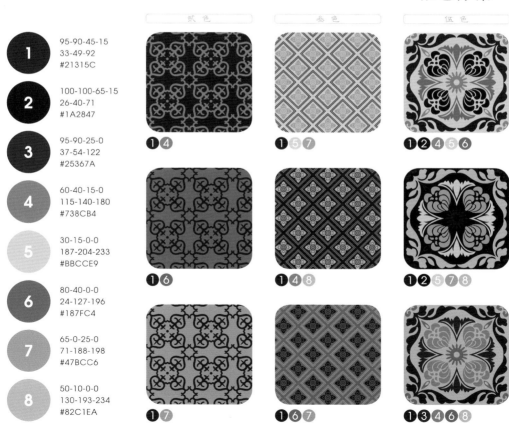

❶❹　❶❺❼　❶❷❹❺❻

❶❻　❶❹❽　❶❷❺❼❽

❶❼　❶❻❼　❶❸❹❻❽

上达于天

古代将"天"看作万物的主宰，因此历代帝王自称"天子"，承担向天祈求庇佑的责任。人们通过举行祭天仪式来表达对上天滋养万物的感恩，期望来年风调雨顺，人间平安丰稔。除此之外，皇帝登基也要郊祀天地，以示"受命于天"，奉"天意"，承运祚，治理天下万民。天坛自明修建以来，按照古礼"以南为阳、左为上"的定制，建在京城正阳门外南郊左方，且天坛主体建筑屋顶为琉璃蓝，与天一色，在当时被认为是最接近天的地方。

天坛

▲ 图 2-13 清 天坛（局部）

天坛初名为天地坛，是明、清两朝皇帝祭天、求雨和祈祷丰年的专用祭坛，本意合祭天地。天坛的设计符合古代的"天圆地方"之说。在天坛，圆与方的建筑体形和空间广为运用，连内外两圈围墙也为北圆南方、北高南低，寓意着"天圆地方""天高地低"。

为了与祭天主题呼应，天坛的主体建筑多为琉璃蓝屋顶，如图2-13祈谷坛内的祈年殿。在明代，祈年殿叫作大祀殿，使用蓝、黄、绿三色琉璃瓦装点，乾隆十七年（1752年）改名为"祈年殿"，且全部换成琉璃蓝色。屋顶下的主体部分采用传统的木质结构，以榫卯斗拱架起的内部结构层层收缩上举，曲线优美。下部为汉白玉圆形基座，出陛呈放射形，上面雕有精美的纹饰。在祈年殿的色彩设计中，鎏金宝顶、琉璃蓝屋檐、红色立柱与门框、白色的基座融为一体，冷暖色调搭配给人强烈的视觉冲击，既恢宏、又协调，堪为中国古代建筑的杰作。

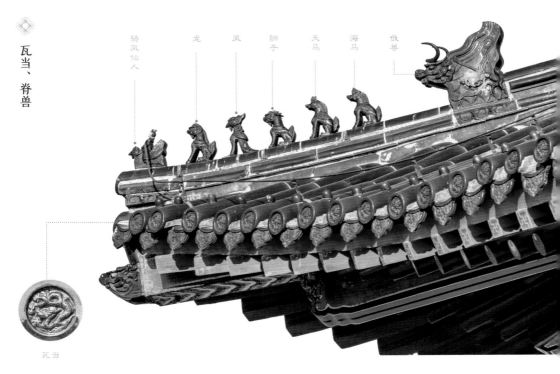

瓦当、脊兽

骑凤仙人　龙　凤　狮子　天马　海马　饯兽

瓦当

▲　图 2-14　清　天坛祈年门屋顶脊兽（局部）

琉璃蓝除了出现在烧制的琉璃瓦上，用以象征青天的高远纯净外，还出现在瓦当与脊兽等建筑构件装饰上。瓦当是古代中国建筑中覆盖建筑檐头筒瓦前端的遮挡。清代的琉璃瓦当颜色非常丰富，有青、蓝、绿、黄、黑、白，甚至还有桃红色。与唐宋侧重花形纹不同的是，清代的瓦当纹样以龙纹为主，只是龙纹的具体形象有不同。一般情况下，皇家规制的琉璃蓝瓦当龙纹清晰、立体感强，五爪分开呈风轮状，身躯矫健、神采威武，尽显权威。

另外，屋脊上还有脊兽装饰，按照类别可分为正吻、垂兽、饯兽、走兽等。其设置和安放都有着明确的规定，其中走兽从前到后的顺序依次为龙、凤、狮子、天马、海马、狻猊、押鱼、獬豸、斗牛、行什等。且清朝规定，骑凤仙人之后的走兽数量为奇数，十一为最高。其中行什在一般古建筑中少见，仅在故宫太和殿屋脊上出现，因此其等级为最高。图2-14所示的天坛祈年门屋顶骑凤仙人之后所使用的走兽有龙、凤、狮子、天马、海马五种，且与琉璃瓦颜色一致，都为琉璃蓝，以示对上天的尊敬；其次，最右端的是饯兽，取自螭龙之形，有固定屋檐的作用。从整体色彩上来看，琉璃蓝的脊兽与瓦当，搭配赤红的雕栏画栋、金黄的屋顶，形成一道壮丽美景。

莲池鸳鸯纹

古时人们视鸳鸯为爱侣的象征，瓷器、建筑装饰中的鸳鸯皆成双成对出现。明清时期，鸳鸯纹多和莲池、荷塘相结合组成"莲池鸳鸯纹"，也被称作"满池娇"。如"鸳鸯戏莲纹""鸳鸯卧莲纹"等组合纹饰，其在清代的青花瓷、斗彩瓷、五彩瓷上较为常见。下图中有数株莲花荷叶，一对可爱的鸳鸯，在绿荫下窃窃私语，画面意境极美。

纹样绘制参考：北京故宫养心殿照壁鸳鸯卧莲盒琉璃盒子

两只彩绘鸳鸯相互对视，头大而颈圆，蓝羽红尾，琉璃蓝的羽毛与淡蓝色天空、湖水相互呼应，勾画出一幅气氛祥和、情意缠绵的美好意境。

粉白的莲花与翠绿的荷叶姿态各异，纵横交错。整体给人粉荷映翠、清流濯碧、雅致恬然的感觉。

对鹭纹

鹭纹的流行是从隋唐开始，直至明清。其中较为流行的是一种鹭纹加莲、芦苇纹的组合，称为"一路连科"，取"鹭"与"路"、"莲"与"连"的谐音，寓意科场得意，金榜题名，仕途顺利。清代的家具木雕和影壁纹饰常有双鹭、莲池等元素，将对鹭、流云与莲纹组合在一起的纹样不为多见，唯故宫影壁有此纹饰图案。下图中绿色琉璃荷叶青翠欲滴，白琉璃显毛羽之洁白，周围衬以琉璃蓝的水波和如意流云纹，水波蓝白相间，如倒映着流动的云彩，清新明快，自然生动。

纹样绘制参考：沈阳故宫西掖门照壁鹭鹭卧莲盒琉璃盒子

琉璃白的对鹭相望，其间填衬折枝花、蓝色水波等。琉璃设色清雅，展露出一种独特的清新柔美的风格。

● 95-90-45-15	33-49-92	○ 5-15-75-0	246-216-81	● 95-90-45-15	33-49-92	
55-20-10-0	121-174-208	0-55-85-0	241-142-44	55-20-10-0	121-174-208	○ 0-10-35-0　254-234-180
55-0-40-0	118-197-171	0-30-10-0	247-200-206	55-0-40-0	118-197-171	5-15-75-0　246-216-81
● 90-20-95-5	0-138-68	20-80-40-0	202-81-108	70-25-50-0	79-152-137	0-55-85-0　241-142-44

翠蓝

《说文解字》对翠的阐释为"青羽雀也"，即翠鸟。因此，翠蓝即翠鸟羽毛的蓝色。翠蓝色彩光华艳丽、鲜嫩翠亮，极为珍稀，深受皇家喜爱，用于各种头饰、风景挂屏、盆景的花叶等点缀之物上。

自战国时期以来，均有运用翠鸟的羽毛来制作装饰的记载。如《韩非子·外储说左上》中记载的"买椟还珠"的历史典故中使用"羽翠"点缀匣子。明朝时，将翠羽与金银结合在一起的点翠工艺开始流行。清朝皇室和贵族崇尚蓝色，且翠蓝的羽毛鲜艳而富有变化，特别是在阳光的照耀下会呈现出皎月、湖色、深蓝、藏蓝等不同色泽，光彩夺目。因此点翠首饰在当时便成为主流，得到重视和发展。

65-0-5-0　59-190-232　#3BBEE8

出自清代冠饰

孔雀蓝类似孔雀翎毛的颜色，因此得名孔雀蓝，其也指瓷器的颜色。孔雀蓝釉又称法蓝，是以铜元素为着色剂烧制的，呈亮蓝色调的低温彩釉。

孔雀蓝

75-10-25-0
0-168-189
#00A8BD

蔚蓝类似晴朗天空的颜色，秀丽清新。宋代诗人韩驹在《夜泊宁陵》中用「水色天光共蔚蓝」来描述此色。

蔚蓝

45-0-10-0
145-210-229
#91D2E5

霁蓝常见于古诗文、绘画中，形容晴朗的天空；也用于形容风清月朗的夜色。《说文解字》中就有「霁，雨止也」的记载。

霁蓝

60-10-20-0
100-182-200
#64B6C8

		贰色	叁色	伍色

1　65-0-5-0　59-190-232　#3BBEE8

2　75-10-25-0　0-168-189　#00A8BD

3　45-0-10-0　145-210-229　#91D2E5

4　60-10-20-0　100-182-200　#64B6C8

5　10-0-5-0　235-246-245　#EBF6F5

6　80-40-5-0　27-127-190　#1B7FBE

7　40-15-0-0　162-195-231　#A2C3E7

8　60-40-15-0　115-140-180　#738CB4

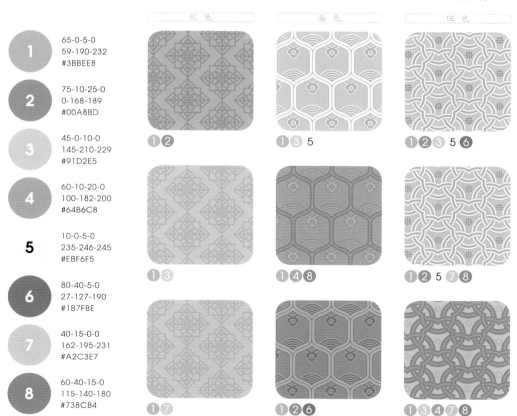

❶❷　　❶❸ 5　　❶❷❸ 5❻

❶❸　　❶❹❹❽　　❶❷ 5❼❽

❶❼　　❶❷❻　　❶❸❹❼❽

翠羽明珠

羽毛点翠首饰，发展到乾隆时已达到顶峰。它以色彩艳丽而著称。翠羽翠色欲滴、色彩艳丽，常与金属工艺完美结合，构成各类饰品，呈现出深浅不一的蓝色（色彩明亮、润泽清透），十分精致。其又因特别的羽枝结构，具有良好的稳定性，因此十分珍贵。除此之外，明清之际，皇家宫廷、贵族富人还将对翠羽的喜爱延伸至各类"缂丝"工艺中，搭配多彩的丝线，这些工艺看上去就像镂雕的图案一般，更加把缂丝的贵气体现得淋漓尽致。

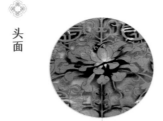

头面

头面正中莲花一朵，四周围绕圆寿字，呈现出翠蓝、雪青、蕉月、湖色、深藏青等不同色彩，加之鸟羽的自然纹理和幻彩光，整件作品富于变化，生动活泼。

▲ 图 2-15 清 点翠勾莲寿纹头面 北京故宫博物院藏（临摹）

"头面"一词在宋代便已出现，广义上指的是以簪、钗、坠等首饰插戴在头部的整套头饰。至清代中前期，旗人女性大量穿戴"钿子"，钿子又由骨架、钿胎、钿花组成。此处所言头面即钿花的一种，根据钿花的位置和形状，钿花还有"钿尾""翠条""面簪"等多种名称。雍正时期，盘发包头已经转变成成型的钿子，头面也在这种发展中逐渐成为钿花中不可或缺的一部分。

图2-15所示的点翠勾莲寿纹头面特指"钿子"的顶部装饰物，头面通体使用上品的翠蓝、雪青，局部枝叶使用颜色较深的翠羽点翠，整体色彩明丽柔和，风格奢华。其形状近似扇形，以花叶互相穿插勾连衬底。头面点缀有九朵不同大小的莲花，正中的莲花四周围绕六个圆形的"寿"字，寓意长寿。且头面在黄底的衬托下，颜色协调、素雅，不失华丽，用料简单不失精美。

钿子

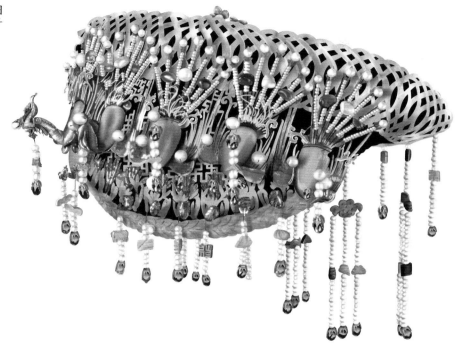

▲ 图2-16 清 点翠嵌珠宝五凤钿 北京故宫博物院藏（临摹）

钿子是清朝前中期以盘发包头作为基础，发展而来的一种旗人女性冠帽，具有明显的辫发盘髻的游牧民族特征，一直到清末都十分流行。根据穿戴女性阶层等级的不同，钿子分为凤钿、翟钿以及各种花钿，一般在吉服、常服等服制场合下穿戴。其中，凤钿为最高等级的钿子，皇后、皇太后及新婚妇女才可佩戴，年轻女子一般戴满钿，孀妇及年长妇女则戴半钿。

一个完整的钿子由三部分构成，分别是骨架、钿胎以及钿花。图2-16所示的点翠嵌珠宝五凤钿表层全部点翠，钿前部缀有五只金累丝凤，并嵌有珍珠、宝石。金凤下排缀9只金翟，为银镀金质，口衔细小珍珠、宝石等贯穿的流苏，钿后部也垂有几条流苏。清廷贵族妇女佩戴该钿，走起路来，流苏一步一摇，尽显端庄优雅。

图2-16所示的点翠嵌珠宝五凤钿大面积铺设蓝色翠羽，流苏点缀青色、黄色、白色、红色的珍珠、宝石，并用五只金凤点缀在显眼的正前方。映入眼帘的翠蓝与黄金相互映衬，冷暖对比明显，色彩饱满、寓意美好，并融入草原文化元素，最终形成了具有特色、五色齐备的艺术风格。

葫芦纹

在古代，由于"葫芦"与"福禄"音同，因此它是富贵、长寿、吉祥的象征，各种葫芦纹广泛应用于民间剪纸、刺绣等艺术中。清代葫芦纹种类繁多，常与团花、灵芝、牡丹、缠枝、蝙蝠等纹样组合成复合图形。如葫芦纹与灵芝组合寓意"如意绵长"，与牡丹组合寓意"富贵万代"等。下图中纹饰即葫芦纹与蝙蝠纹、盘长纹组合，有"万代盘长"之意，以蓝色为地，翠蓝、橙红、金黄点缀葫芦，冷暖相间，极富装饰性。

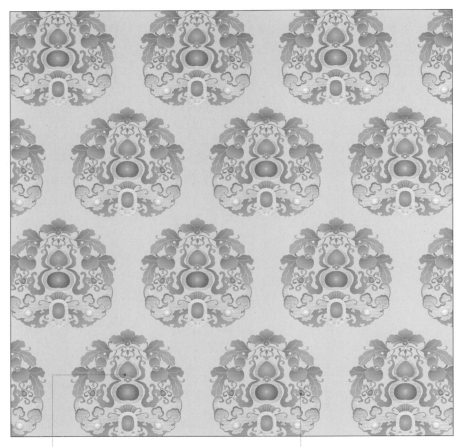

纹样绘制参考：银镀金葫芦纹簪

葫芦纹枝宽叶茂，以翠蓝为主色，典雅高贵。且葫芦有金黄环绕，橙红的腹部更显饱满，整体色调很协调。

盘长纹在民间有富贵、家族兴旺、子孙延续的寓意。翠蓝的纹弯曲环绕，首尾相连，与葫芦纹一同构成圆满的意境。

灵芝纹

灵芝是一种草本植物。自古象征长寿富贵、吉祥如意的灵芝，作为装饰纹样深受大众喜爱。清代，灵芝纹在瓷器、服饰、配饰上较为常见，有折枝灵芝、线形灵芝等形态，且多与水仙、寿石、天竺、竹叶等组成完整的画面，寓意灵仙祝寿。下图中，翠蓝的灵芝周围有竹叶与花环绕，其上还托有翠蓝的圆形寿字纹，有"芝仙祝寿"的寓意。

纹样绘制参考：点翠花卉纹头花

灵芝纹采用了折枝灵芝的基本形态，翠蓝在橙红、金黄的点缀下，更有层次，且彰显出翠蓝之透亮。

65-0-5-0	59-190-232	65-0-5-0	59-190-232
80-15-0-0	0-159-222	80-15-0-0	0-159-222
35-0-0-0	173-222-248	35-0-0-0	173-222-248
0-10-30-0	254-235-190	22-0-8-0	207-234-237
0-40-50-0	245-175-126	0-10-30-0	254-235-190
15-35-65-5	215-170-97	0-40-50-0	245-175-126
0-55-55-25	199-118-87	0-70-75-20	205-94-52

63

佛青也叫群青，是一种色泽鲜艳、微微偏紫的深蓝色，也是我国古画中常出现的矿物颜色，色感庄严尊贵，明净美丽。佛青是由青金石磨成粉后所制成的颜色，在清代，常用于古代的建筑彩画之中，与金色、绿色和红色搭配，表现出华丽鲜艳的色彩效果。

隋唐以来，历代洞窟壁画常使用佛青颜料，如敦煌莫高窟及西千佛洞、新疆克孜尔千佛洞等石窟中的壁画。清朝时期，佛青常被用于建筑彩画中，但由于青金石非常稀有，晚清时期的佛青多由外来的人工合成制品研磨而成，颜色更加厚重，不如天然佛青淡雅、庄重，并且着色能力也更强，可以画出深浅不同的佛青。其因色泽纯正且价格低廉易得而受到匠师们的青睐。晚清时期，我国大部分地区的彩绘艺术都大量使用了合成的佛青，比如清代徽州地区的天花彩画工艺就常使用铅白、佛青和徽墨、银朱等颜色进行搭配。

95-95-15-0　42-44-128　#2A2C80

出自清代建筑彩画

相关色 ●

黛蓝

75-65-35-0
85-94-129
#555E81

紫苑

60-55-5-0
120-116-176
#7874B0

窈蓝

55-30-5-0
124-159-205
#7C9FCD

黛蓝是一种深蓝而偏黑的颜色。在中国画中，此色常被用来表现隔着雾气的深色远山。

紫苑又名紫菀。紫菀的根部呈紫红色，可做药材，花朵为紫色，是古代常用的服饰植物染料。

窈蓝即浅蓝，古人常用「窈」「退」等词来形容浅色，故此得名。染色时使用的是浓度偏低的靛青，使其染色充分，洗涤干净，才能染出透亮的窈蓝来。

配色方案 ●

编号	CMYK/RGB/HEX
1	95-95-15-0　42-44-128　#2A2C80
2	75-65-35-0　85-94-129　#555E81
3	60-55-5-0　120-116-176　#7874B0
4	55-30-5-0　124-159-205　#7C9FCD
5	25-25-0-0　199-192-223　#C7C0DF
6	40-10-20-0　164-201-204　#A4C9CC
7	80-40-0-0　24-127-196　#187FC4
8	45-0-5-0　144-211-237　#90D3ED

贰色　　　　叁色　　　　伍色

❶❷　　　❶❸❺　　　❶❷❸❺ ❻

❶❺　　　❶❹❹❽　　　❶❷❺❼❽

❶❹　　　❶❷❻　　　❶❸❹❼❽❽

沉静深蓝

清代的天然佛青多产于西北地区，是建筑彩画常用的矿物质颜料，其和洋绿混合可制出沙绿，常用于木质构件的填色，民间与宫廷都有使用。民间主要用于描画与塑造神像，描绘时讲究勾填，笔头有时同时蘸有佛青、毛儿蓝（又称普鲁士蓝）等数种颜色，这样画出来的线条更为立体焕目。清代晚期，随着西方工业化的演进，我国开始大量进口洋颜料系列，如其中的"顺泉龙牌佛头青（佛青）"，便逐渐取代了宫廷中石青的使用。佛青更多用于描画藻井与其他檐下梁枋上的彩画装饰，藻井各个角落的青地凤雕饰所使用的颜料由外向内分别为佛青、石青、石绿。色彩沉静深邃，宁静圣洁。

旋子彩画

用黄、绿、蓝、紫搭配在一起，
能产生稳重、平静的感觉。

▲ 图 2-17 清 旋子彩画（局部）北京故宫博物院藏

清代的宫廷建筑等级各有不同，根据等级，彩画分为和玺彩画、旋子彩画、苏式彩画三种。清代的旋子彩画，是以佛青和绿色为主的底色，配上绘制的各种彩龙、凤鸟和旋花图案，中间还有西番莲、八宝等各种花纹。根据用金量的多少，旋子彩画可大致分为金琢墨石碾玉彩画、烟琢墨石碾主旋子彩画、金线大点金旋子彩画等。其中金琢墨石碾玉彩画为旋子彩画中等级最高的，沥粉贴金面积最大，其小额枋枋心为佛青地双龙戏珠图案，配有朱红的金夔龙纹池子，热烈的红色与静谧的深蓝大色块形成强烈的视觉冲击，显得富丽异常，可与和玺彩画相媲美。金线大点金旋子彩画中的大额枋箍头用绿色，小额枋箍头用佛青，佛青的箍头搭配青盒子、绿枋心，绿箍头搭配绿盒子、青枋心，青绿相间，显得沉着庄重。而烟琢墨石碾主旋子彩画也使用佛青退晕，整体显得雍容庄重。

图2-17所示的旋子彩画大片底色为佛青，旋眼、菱角地、宝剑头等都沥粉贴金。佛青的大额枋枋心为双龙戏珠，龙及云纹均是木雕描

和玺彩画

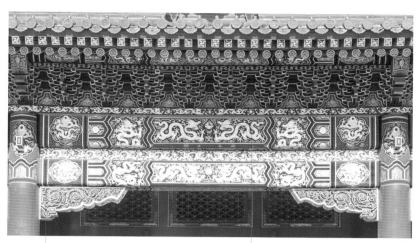

箍头　藻头　枋心

皇家建筑的彩画中，多以黄色表现龙纹，搭配色调较深的蓝绿，以凸显皇家建筑的威严、庄重。

▲ 图2-18 清 太和殿金龙和玺彩画（局部）北京故宫博物院藏

金，作为主体的蓝绿旋花以金色的圆为中心，花瓣一层一层向同一方向旋转绽放，按照横轴线上下对称地排列，具有抽象化和程式化的几何美感。拱眼板及斗拱眼均为朱红。整个门额由于用了许多墨线与金线，佛青加绿色的大色块中跳跃着朱红，庄重又生动，表现出了金光耀目、云龙奔腾的艺术效果。

另外，和玺彩画是清代建筑彩画中最高级别的一种，只用于皇帝登基、理政场所和坛庙主殿。图2-18为故宫的第一大殿——太和殿屋檐下的梁、枋所绘形制，即和玺彩画。其特点是用括线括起枋心，纹饰以青绿为主，大量装饰龙凤等图案，再将金箔贴制在凸起的图案上，形成金碧辉煌的效果。而和玺彩画又因主要纹饰的不同，可细分出金龙和玺彩画、龙凤和玺彩画、龙草和玺彩画等。

在和玺彩画绘制的过程中，沥粉后会刷底色，色彩上使用佛青或者绿色刷底色，顺序是先绿色后佛青，直至建筑物上所有青（佛青）、绿色都刷完，再抹其他颜色。因此在视觉上，给人冲击更大的是大面积的绿色或佛青。另外还会在佛青底色的枋心上绘制"跑龙"（又称行龙）。图2-18中青色和绿色枋心皆绘制行龙，头向前尾向后，中部腰身弓起，向前奔跑，盒子部位也绘有金色升龙与降龙，甚至连灶火门也为红底金龙纹饰，加上佛青底色上的五彩云纹或攒退云，彰显出皇家的华贵气派。

万字纹

万字纹指以"万"字组成的连续纹样，寓意永恒、美好、太阳、吉祥。清代时，万字纹运用在服饰纹样中，通常是左旋的写法"卍"，不仅昭示着佛祖普度慈悲，还寄托了人们对世俗美好生活的向往。下图中的万字流云蝠纹主体部分为佛青地，周边以朱红地铺满彩色流云，色彩冲击力极大。

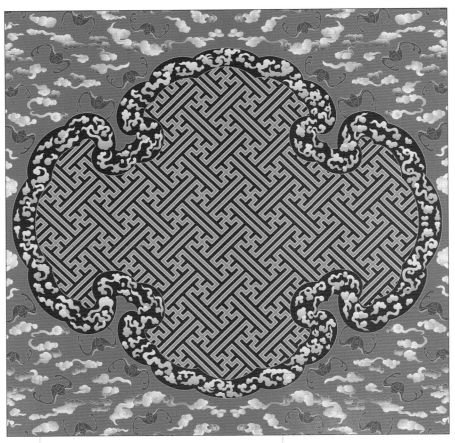

纹样绘制参考：百林寺行宫清中期万字锦包袱式苏画

浅蓝色"卍"字首尾相连，有规律地排列，在佛青地上组成菱形且连续不断的装饰，寓意奔腾不止、生命不息、万寿无疆。

金、紫、红、蓝搭配组成的流云，卷曲盘绕、舒卷自如，生动飘逸，与蝙蝠形图案共同形成"万福流云"。

梅花纹

梅花为"岁寒三友"之一，象征情操高尚。梅花有五瓣，分别被赋予了"福、禄、寿、喜、财"五福的寓意。清代，梅花纹是人们最喜闻乐见的吉祥图案之一，在瓷器、雕刻、服饰、书画、家具、建筑等上面均有使用。梅花常以折枝形态单独构图，或与喜鹊、牡丹等组合，表"喜上眉梢"之意，与竹组合，表"齐眉祝寿"之意。下图中纹饰为均匀分布的折枝梅花，以冷色调的佛青为底，白梅红蕊，别有"凌寒独自开"的姿态。

纹样绘制参考：宁寿宫花园碧螺亭檐垫枋楣子折枝梅苏轼彩画小样

以折枝梅花为主体，白色梅花与佛青地相映，彰显出梅的芬芳，具有中国画简洁典雅，素净大方的风格。

●	95-95-15-0	36-52-131			
●	60-25-10-0	107-162-202	●	95-95-15-0	36-52-131
▬	5-0-25-0	247-248-208	●	0-60-15-0	238-134-161
●	40-5-60-0	168-204-128	●	20-80-40-0	202-81-108
●	25-75-70-0	195-92-72	●	0-45-50-45	163-109-80
●	25-95-100-0	193-44-31	▬	5-20-30-0	242-213-181
●	10-50-45-0	226-150-127		0-0-5-0	255-254-247

月白

月白又称月下白，是月光洒在白色物体上呈现的微蓝色，在古时也称"缥色"。月白多出自江南染坊的染色，古时候用苋蓝煎水，于半生半熟时染出，多用在服装面料上。宋代也有一种月白色釉，是窑变釉的一种，釉层厚且透明效果弱，颜色清冷。

在清代，月白在瓷器与服饰上较常见。清代曾仿制了宋代各大名窑瓷器，其中就有粉青、大绿和月白三种色泽，其月白釉光泽柔和，晶莹剔透，如器外轻笼一层月光，朦胧美好。另根据《大清会典》，皇太后、皇后及命妇着朝服时佩戴的条形饰物彩帨的颜色就是月白，上绣绿色的五谷丰登纹，丝绦都用石青相配，妃嫔绣云芝瑞草，福晋等以下其他命妇也用月白，但不绣花纹。在中秋佳节到来时，贵族仕女们也多会穿着月白的衣裳，如月空皎洁无瑕，以应和高挂朗照的月亮发出的清辉，可见月白也是清人寓情寄意的色彩之一。

20-0-5-0   200-231-242   #C8E7F2

出自清代服饰

相关色 ➤

水绿呈青色、淡绿色，介于绿色和蓝色之间。古时，水绿多用于女子服色，给人以清新、舒适、宁静之感。

水绿

20-5-10-0
212-229-230
#D4E5E6

莹白指光亮透明的白色。白居易《荔枝图序》中曾用「瓤肉莹白如冰雪」来形容荔枝果肉。莹白也是一种瓷器色，衢州莹白瓷是中国四大白瓷之一。

莹白

15-5-5-0
223-234-240
#DFEAF0

玉色指玉的颜色，是高雅的淡绿、淡青色。在绘画上也称粉绿为玉色。玉色古时常用于比喻容色不变或女子的美貌。

玉色

15-0-15-0
224-240-226
#E0F0E2

配色方案 ➤

1	20-0-5-0 200-231-242 #C8E7F2
2	20-5-10-0 212-229-230 #D4E5E6
3	15-5-5-0 223-234-240 #DFEAF0
4	15-0-15-0 224-240-226 #E0F0E2
5	45-0-25-0 148-209-202 #94D1CA
6	45-0-10-0 145-210-229 #91D2E5
7	35-20-0-0 175-192-227 #AFC0E3
8	35-15-15-0 177-199-209 #B1C7D1

贰色 　　 叁色 　　 伍色

1 4　　　1 3 5　　　1 2 3 5 6

1 5　　　1 4 8　　　1 2 5 7 8

1 8　　　1 2 6　　　1 3 4 7 8

澄澈月白

因古人认为月亮的颜色并不是纯白的，而是带着一点淡淡的蓝色，故月白指的就是月亮的颜色。月白在清代服饰中的应用从民间到宫廷皆有所见。清初文人李渔在《闲情偶寄》中提到"女子之少者，尚银红桃红，稍长者尚月白"。且当时民间女装所用色彩还常以绿色配月白，如绿袄搭配月白裙。除此之外，在故宫收藏有很多清代月白的宫廷服饰、织物，呈现的视觉效果都是浅淡的蓝色。中秋时，皇帝也会使用月白云缎金顶绣云龙的大幄，叫作"夜明幄"，幄内张挂月白缎子绣花的壁衣。蓝影滢滢，澄澈洁净。

清代人物画

▲ 图2-19 清《雍正十二美人图》（之一）北京故宫博物院藏（临摹）

月白尤为清代贵族仕女所喜，在画作与文学作品中能看出仕女对月白的青睐。清代改琦创作的《元机诗意图》以唐代女诗人鱼元机为主体，在色彩运用方面，以冷色调为主，图中鱼元机身着月白上衣和白色长裙，衣服领口、袖口和双臂所挽宝蓝的披肩都是冷色，透着微蓝的光华，设色素雅。《红楼梦》中描写的林黛玉的服饰也是淡雅素净，出场时穿着浅灰背心、月白绣花小皮袄，随意梳妆，弱不胜衣，别有一种清雅素淡的美，又如月宫女神般孤傲。因此这白中带蓝的月白，在清代人眼中能展现女性简约之美。

《雍正十二美人图》原贴于围屏上，用工笔重彩表现清代宫廷绘画的工整艳丽。十二幅图各有主题，分别对应着美人所做的一件风雅逸事：博古幽思、立持如意、持表对菊、倚榻观雀、烘炉观雪、桐荫品茶、观书沉吟、烛下缝衣等。图2-19中，仕女穿着月白对襟长衫，侧坐书桌旁，持表对菊，头上用蓝色头巾，与月白衣物相互呼应，如月宫姮娥取一段月中颜色披于身上，搭配白色下裙，略带一点清淡的忧愁之态。

朝服

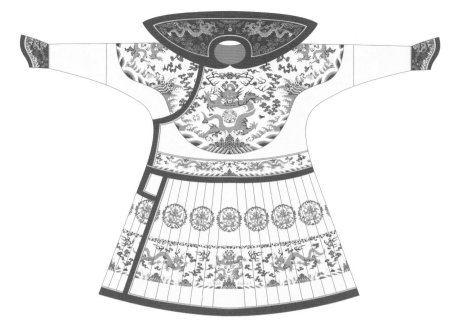

▲　图2-20　清　月白缂丝云龙纹单朝袍　北京故宫博物院藏（临摹）

清朝时月白也是重大场合天子礼服所用的颜色，一般清代皇帝都有月白朝袍，但深浅不一。朝袍即朝服，与龙袍相对，区别为：龙袍无披领，为衣裳相连属的四开裾袍；而朝袍有披领，为上衣下裳相连属的裙式袍。在清朝，朝袍属于礼服，龙袍属于吉服。在朝袍的设计上为了体现"天下一家"的理念，将满族服饰独有的马蹄袖、披领和上衣下裳相结合。而清朝皇帝每年秋分时节在月坛举行祭月仪式，在仪式上身着月白朝袍，朝袍贴近月光的颜色，渲染出一种"天人合一"的氛围。在秋分的夜空下，穿着月白朝袍的帝王仿佛在与月神沟通，祈祷下一年的圆满丰收，国泰民安。

图2-20为乾隆皇帝祭月所穿的月白缂丝云龙纹单朝袍。这件朝袍为右衽圆领，有披领、马蹄袖，上衣下裳相连，披领和后背都垂有一对明黄的宫绦和红珊瑚背云。月白地上前后及两肩用金线各绣有一条正龙，腰帷前后各两条行龙，襞积前后各有九条金色小团龙，下摆前后各有一条正龙与两条行龙，朝袍周身列十二章纹样，下边饰八宝平水纹。月白地上还用五彩纬丝按顺序相套，如月色下彩云飘动，冷色底又突出赤金龙纹，中和了月白带来的低调柔和之感，更加展现出帝王显赫尊贵的气势。

大洋花纹

大洋花纹是清代乾隆时期十分流行的纹样，且花纹带有西方艺术风格，被统称为洋花纹。大洋花纹被广泛应用于宫廷的服饰、瓷器、建筑之上。此纹样以月白为地，其质感好，立体感和空间感强，能带来强烈的视觉冲击，形成独具一格的风格。

纹样绘制参考：月白色洋花纹妆花缎

此纹样以月白为地，多种花叶、花朵交错排列，大小、形状、花姿各异，在月白与红、橙的冷暖对比下，呈现出百花齐放、流光溢彩的效果。

缠枝牡丹纹

在元、明、清三代，缠枝牡丹纹久盛不衰，多用作主纹。清朝时期的缠枝牡丹纹花形硕大、瓣似祥云、雍容华贵，和皇家气质相配，因此宫廷织物中，无论袍料、锦缎还是镶边，缠枝牡丹纹随处可见，且多以四方连续的排列方式展开。图中，月色般美丽的月白地上，牡丹纹精美，由多种彩色组合构成，造型生动，层次丰富，且花与叶形成较强的色彩对比，用色艳丽自然。

月白地上，淡紫色缠枝牡丹呈盛开状，绿色缠枝叶片翻卷，与月白地相配显得明亮洁净，整体错落有序，花开灿烂，颇有雅趣。

色	CMYK	RGB
○	20-0-5-0	212-236-243
●	35-15-15-0	177-199-209
●	65-30-25-0	96-151-174
●	0-20-45-10	236-201-142
●	10-20-80-5	228-197-65
●	0-45-30-0	243-166-157
●	0-75-55-10	220-90-84

色	CMYK	RGB
○	20-0-5-0	212-236-243
●	60-10-0-20	81-159-201
●	75-40-0-0	59-130-197
●	40-0-25-5	158-208-194
●	65-0-35-0	76-187-180
●	0-30-10-0	247-200-206
●	25-50-20-0	197-144-165
●	0-55-25-0	240-145-153

瓜皮绿

瓜皮绿也叫"瓜色"或"瓜绿"，因色如西瓜皮而得名。瓜皮绿出自清代瓷器釉色，颜色鲜亮，匀润嫩绿。有的瓜皮绿瓷器釉面是绿中带黑，形似瓜纹。除纯色釉之外，彩瓷图案中的山石与枝叶，也常用瓜皮绿来涂染。翡翠中也有一类半透明至不透明、绿色中夹杂黑绿色的品种被称作"瓜皮绿"。

瓜皮绿初创于明朝嘉靖年间所烧制的一种名贵绿釉，由湿胎施釉烧制而成。在清代康熙、雍正时期得以兴盛和发展。康熙、雍正时期的瓜皮绿釉色有深浅的不同，深者浓绿，浅者绿中带黄，皆透净润嫩，有很强的玻璃质感。关于清代瓜皮绿釉瓷的造型，唐英《陶成纪事》有载："一仿浇绿器皿，有素地、锥花两种。"景德镇就将瓜皮绿归为仿古釉色，因此器物以素面居多，也有一些弦纹、龙纹等刻花纹饰，造型多为碗、盘，较为稀有。传世的康熙瓜皮绿釉瓷器有笠式碗、笔筒、碗、盘等文房用瓷。另外，瓜皮绿也常用于清代的建筑彩画中。

95-25-100-10　　0-126-60　　#007e3c

出自清代瓜皮绿釉瓷器

竹青指竹子外面青绿的表皮色，也是国画中花草常用的颜色。除此之外，竹青还是古代建筑中瓦当常用的颜色之一。

竹青

60-35-70-0
120-145-97
#789161

祖母绿指绿矿石带有莹亮光泽的深绿色，也是一种绿色宝石的名称。辽金时期，祖母绿深受皇亲贵族的喜爱，佩戴祖母绿的饰品成了当时的潮流。

祖母绿

85-50-75-10
36-103-81
#246751

艾绿指艾草的颜色，呈绿中偏苍白的自然色泽。艾绿是古瓷中的一种色釉的专称，也是旧时丝染布帛的常用色。

艾绿

60-5-60-0
107-184-129
#6BB881

		底色	衬色	饰色
1	95-20-100-10 0-126-60 #007e3c			
2	60-35-70-0 120-145-97 #789161			
3	85-50-75-10 36-103-81 #246751	❶❷	❶❸❺	❶❷❸❺❻
4	60-5-60-0 107-184-129 #6BB881			
5	25-0-40-0 203-227-174 #CBE3AE			
6	70-30-40-0 80-146-150 #509296	❶❺	❶❹❽	❶❷❺❼❽
7	55-45-100-0 136-132-43 #88842B			
8	90-60-65-20 14-83-82 #0E5352	❶❹	❶❷❻	❶❹❻❼❽

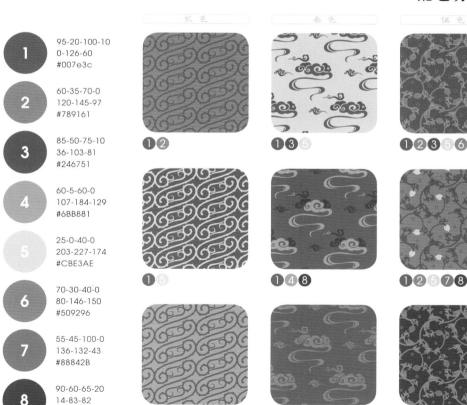

瓷上翡翠

绿地釉瓷器在明初成气候，至清渐以大成，达到了"翡翠"的效果。明代的瓜皮绿釉瓷器仅万历时期才有，数量也极为稀少。而康熙时期绿釉瓷器生产较为丰富，颜色有瓜皮绿、郎窑绿等，由于施釉时厚薄不一，呈色也深浅各异。康熙时期的瓜皮绿釉瓷器中陈设器减少，器形变小，日用器、文房用具大量增加，尤其以瓜皮绿釉碗为典型，造型简单，呈色丰富，口沿处、外足墙釉色较薄，釉面莹润，如瓜果上的露珠，渺透釉面下一抹新绿。此外，官窑瓜皮绿釉瓷器多书"大清康熙年制"二行款识，而民窑绿釉瓷器多不书款识，可以此作为区分依据。

瓜皮绿釉碗

▲ 图 2-21 清 雍正绿釉暗刻龙凤纹瓷碗 南京博物院藏（临摹）

清代，后妃所使用的彩釉瓷器有严格规定，绿地彩釉是贵人和常在所用。相较于康熙年间，雍正时朝的瓜皮绿釉器色泽略深，施釉也更加厚重，釉面的玻璃质感更强，色泽微微泛黄，釉质莹润，施釉匀净，多见于小件杯、盘、碗等日用器皿。雍正时期的瓜皮绿釉器除光素无纹饰外，另有刻印花纹饰器物，如划花飞凤纹，搭配的纹饰有缠枝莲、如意云头等。和康熙时期的绿釉加款识习惯一致，雍正时期的官窑瓜皮绿釉瓷器款识多为青花双圈六字两行楷款，也有"大清雍正年制"三行青花篆款。

图2-21为雍正时期的瓜皮绿釉暗刻龙凤纹瓷碗，绿色鲜嫩透亮，浅淡葱郁。在施釉前使用了致密的白色瓷胎，使单色瓜皮绿釉呈色更加鲜艳，更能表现其釉色。其上刻有繁复华丽的凤鸟纹，凤正展翅翱翔，翅羽根根分明，线条勾勒精致，周遭萦绕祥瑞云纹，可见贵族和皇室使用的瓜皮绿釉产品品质之高，虽素简却暗藏精巧，堪为瓜皮绿釉瓷器中的珍品。

海马纹

海马纹是典型的瓷器装饰纹样。相传海马是隋朝时西域的一种良马，能在结冰湖面上奔跑，被誉为龙马、龙驹。唐代已经出现了海马纹的铜镜，在元代海马纹被用在帝王仪仗旗帜上，象征龙马昂扬向上、积极进取的精神。明清时期，海马纹常见于瓷器和珐琅器之上，在服饰和宫廷建筑上也有运用，如九品武职补子，寓意国泰民安、吉祥如意。下图中，海马奔腾于瓜皮绿地海水之上，色彩分明，神采飞扬。

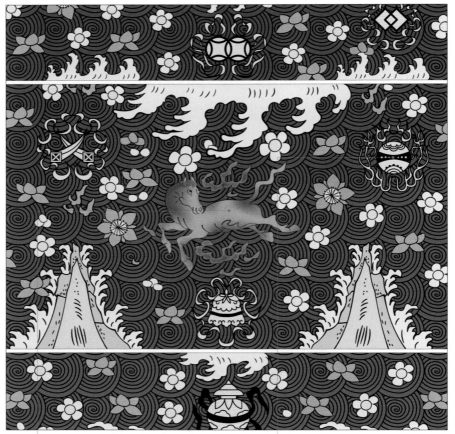

纹样绘制参考：素三彩海马八吉祥纹罐

以马的侧身形态为主，呈飞驰状，在火焰上飘。以起伏不断的瓜皮绿地海水纹为背景，点缀花枝纹、吉祥纹，白马形象更具神采。

清代，杂宝纹除作辅纹外也用作主纹。黄色的杂宝纹点缀于瓜皮绿地海水纹之上，色彩突出、层次分明。

云纹

云纹是贯穿中国历史的经典纹样。商周时期的云雷纹，春秋战国时期的卷云纹，汉代的云气纹，均追求气韵变化之美，飘逸流动。唐代后有如意状的云头、尖细微勾的云尾，头尾有相对独立的样式。清代继承了明代云纹的样式，造型与组合由简单变得复杂多样，更显奢华、雍容，被广泛应用于建筑、织物、瓷器等之上，寓意瑞祥吉兆、步步高升。下图中的纹样将瓜皮绿与淡紫色搭配，两相对比，更加凸显了云纹流动的形态。

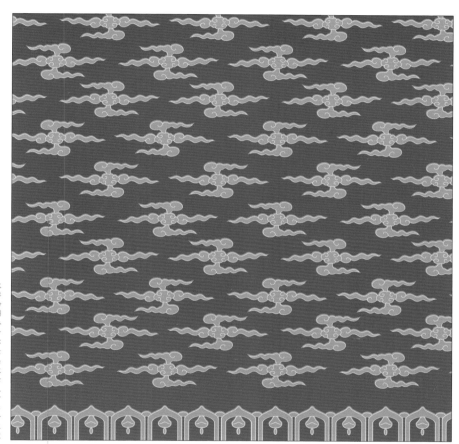

纹样绘制参考：康熙款绿地紫彩云纹碗

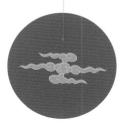

以瓜皮绿釉为地，绘紫彩"士"字形云纹，以四方连续排列的结构展开，层层交叠，仿佛云纹欲动。

● 95-10-80-20	0-131-83			
○ 30-0-45-0	192-221-163			
20-0-10-5	206-229-228			
10-0-5-5	228-239-238			
0-15-40-0	253-224-165	● 95-10-80-20	0-131-83	
● 0-10-20-70	113-104-92	15-0-5-0	224-241-244	
● 80-85-75-45	52-39-45	● 15-40-0-10	204-160-193	

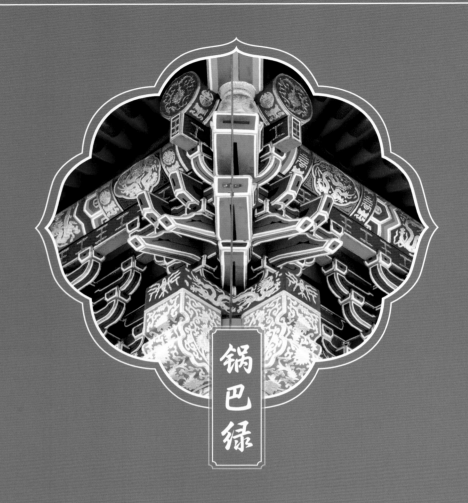

锅巴绿

锅巴绿是一种比较接近青色的绿色，饱和度相对较高，色调沉稳又鲜明艳丽，品相纯正，在颜料中也属于比较贵重的。制作出的锅巴绿颜料颜色经久不退，常与大绿配合使用，常用于建筑彩画，覆盖力强且不易褪色，后期渐渐被洋绿所取代，现今失传。

在清代，锅巴绿基本上以人工铜作为制作原料，通过使人工铜与其他的物质发生化学反应获得铜化物制得，因此其色不易得，使用也较为稀少。锅巴绿一般用于大木和玺彩画和高等级有晕色的旋子彩画上，与天大青、大绿、广靛花等颜色搭配使用，只有极少数用了天二青，广靛花和锅巴绿为最深色的青绿色颜料。另外，清代金琢圈斗棋也广泛使用锅巴绿和大绿、二绿，相对而言，锅巴绿的用量更少一些。在清代《工程做法则例》中详细记载了锅巴绿在建筑彩画上的不同用量，比如烟琢墨石碾玉旋子彩画中使用的锅巴绿为七钱二分四厘，不可谓多。

80-25-55-0　8-144-129　#089081

出自清代建筑彩画

相关色

葱青即葱苗新生叶子的颜色，透着新生命的气息。起初古人常用此色来描述茂盛的树林，后才特指一种颜色。古人也常用葱青来形容女子水嫩俏丽。

葱青

65-20-50-0
95-162-140
#5FA28C

油绿指色彩光润而浓厚的一种绿色，犹如雨水刚清洗过的绿色植物般郁郁葱葱。在中国古代建筑中，等级较高的建筑可用此色的琉璃瓦。

油绿

95-10-90-0
0-149-80
#009550

青白，白而发青，常见青白的玉镯、玉簪等玉制品，其也是宋代以景德镇为代表创烧的一种青白瓷的颜色。

青白

45-10-40-0
153-194-166
#99C2A6

配色方案

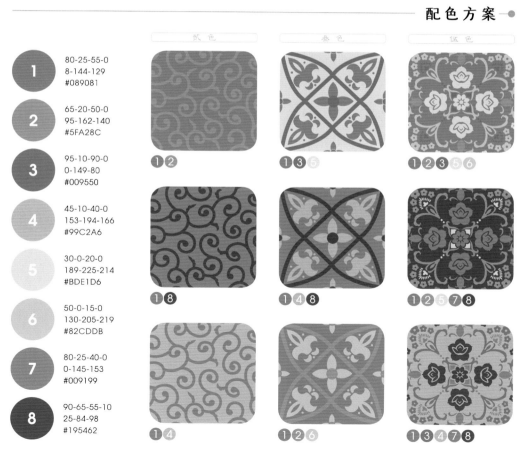

1	80-25-55-0 8-144-129 #089081
2	65-20-50-0 95-162-140 #5FA28C
3	95-10-90-0 0-149-80 #009550
4	45-10-40-0 153-194-166 #99C2A6
5	30-0-20-0 189-225-214 #BDE1D6
6	50-0-15-0 130-205-219 #82CDDB
7	80-25-40-0 0-145-153 #009199
8	90-65-55-10 25-84-98 #195462

朱甍碧瓦

宋代《营造法式》记载
的以青绿为主，宛如磨
光的碧玉彩画"碾玉装"
一直流传至清代，成为
清代彩画的主流。清代
前期大多使用以石青、
石绿为主的天然矿物颜
料，来涂抹青绿大色，
并加入一定的锅巴绿来
调整整体青绿色调的明
度，加强色彩层次。清
代官式建筑彩画基本沿
袭了此制，在色彩上以
青绿为主，搭配朱红、
金黄相间。而画面上的
纹饰和描绘的线路则随
所定绘画题材分别进行
渲染。有的用五彩粉墨、
有的用沥粉饰金，搭配
锅巴绿，使彩画既有绿
的沉静又有金的庄重。

斗拱

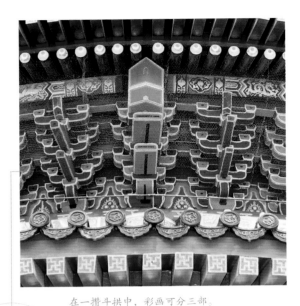

斗拱

在一攒斗拱中，彩画可分三部。
线：线画在每件的边角线上，色彩有金、银、
蓝、绿、黑五种。
地：地画在各线的范围内，多用丹、黄、青、
绿四种，其中用青、绿最多。
花：花画在地上，颜色可以随意搭配，主题有
西蕃草、夔龙、流云、墨线等。

▲ 图 2-23 清 天坛 斗拱

图2-23所示的斗拱，青绿为基本色调，锅巴绿则出现在整个屋檐突
出的斗拱上。斗拱是屋檐的托架系统，从建筑的柱子和梁上伸出，
用来托住伸出屋身之外的屋檐，这样既向上承托了屋顶的重量，又
能将屋顶的飞檐向外最大限度地推出。在清代的建筑中，斗拱常被
用来表现装饰技巧，因此斗拱的彩画装饰也格外兴盛。

清代的斗拱彩画颜色从宋代的五彩饰变成了青绿两色加金边或黑
边。根据大木彩画等级的高低，斗拱彩画也可分为三种类型：石碾
玉斗拱彩画、金线斗拱彩画、墨线斗拱彩画，且都设有青绿两色，
只是主体纹样和色彩分布的细节不同。比如石碾玉斗拱彩画的设
色，斗、升、拱、翘、昂构件是青色配锅巴绿，其轮廓沥单粉贴
金，外缘用青绿晕色，再在锅巴绿晕之上拉一道白粉，色调简单鲜
亮，清晰活泼，在屋檐的阴影下显得更加突出。

藻井

以蓝、绿色调为底色，搭配饱和度较低的黄、橙、棕色的云纹、蝠纹。色彩看起来和谐自然，图纹明显。

藻井中央的龙纹以金色为主，体现出尊贵与皇家威严。

▲　图2-24　清　北海公园五龙亭藻井

在藻井中也有锅巴绿与其他颜色的搭配。藻井是用在宫殿和庙宇内天花中央的一种装饰，以烘托王座或者佛像的庄严气势。藻井一般在等级较高的建筑内，比如皇帝举行大典礼的太和殿、皇帝理政的养心殿、皇帝去天坛祭祀前使用的斋宫等，而后妃居住的东西六宫因等级不够，都不可装饰藻井。清代藻井图案只画团龙、白鹤、夔龙、寿字等单层图案，多不加底纹及其他花饰；用色多用锅巴绿、靛青、朱红、橘黄及金粉几种，更多以青绿冷色为主，大面积用金色搭配，冷暖交织，色调协调。

图2-24的藻井为青绿主色、朱红点缀，中央雕刻了一条巨大的金色蟠龙，龙嘴衔有铜胎中空、外涂水银的圆球——"轩辕镜"，构成"游龙戏珠"的形式，高悬在帝王御座的上方。在金龙四周以锅巴绿做地，绘出大小相同的两圈圆光纹，内绘靛青地龙、凤、花卉等各种图案，与外圈深蓝色构成色彩渐变，虽然复杂华丽，但给人繁中有简、重点突出、秩序井然的感觉。另外，四个岔角也使用蓝色，各雕有金色小龙，整体有了锅巴绿、靛青、蓝色与金色、红色的冷暖对比，视觉层次更丰富，同时也彰显了至高无上的威严。

团凤纹

团凤纹是清代比较流行的一种凤纹，纹饰一般呈圆形，无论是凤首、凤翼、凤尾，还是作为点缀的云纹等纹饰，都以有圈或无圈的圆形表现。清代的团凤纹布局更加清秀简练，凤头有鸡头状和鸟头状，其喙过长，形似鹤。下图中的团凤纹用作建筑彩画装饰，图案为相对飞舞的对凤，一凤为波浪形尾，一凰尾羽为卷草状，锅巴绿与赤金相搭配，色调复古高贵又不失清新。

纹样绘制参考：承乾宫宝凤天花

此团凤呈S形，呈旋转飞舞的姿态。在棕褐地上绘赤金对凤，对凤双翅展开呈放射状，凤尾羽作回旋状，极具灵动性。

云纹状似灵芝头部或下垂的如意，因此也称为"如意云"，主要作为辅助纹饰。图中为红色吉祥云头纹，与锅巴绿形成鲜明对比。

西番莲纹

西番莲，又名"西洋花""西洋莲""西洋菊"，为外来植物。西番莲纹在元代传入，至清代非常流行，常以一朵或几朵为中心，向四周伸展枝叶，或根据其他装饰构件的形态而随意延伸，其形态类似勾莲纹。西番莲纹在清代的器物和建筑装饰上大量运用，多以缠枝花纹的形式出现。下图中纹饰中心即西番莲纹，其花线条流畅，四周枝叶饱满，各部衔接巧妙，旁边有红色、橙色芙蓉点缀，红色花朵在锅巴绿地中尤显艳丽。

纹样绘制参考：四神祠金琢墨硌辗烟琢墨燕尾锦纹支条烟琢墨盆角云西番莲天花

西番莲颜色艳丽，花冠外围多密集的花丝，红色花瓣层层叠叠，搭配锅巴绿的底色，颜色和谐，寓意连绵不绝、清正廉洁。

色块	CMYK	RGB
●	80-25-55-0	8-144-129
●	20-0-25-0	214-234-206
●	5-15-50-0	245-219-144
●	0-35-60-0	247-184-109
●	25-55-85-0	199-131-55
●	45-90-100-15	144-52-34
●	100-70-0-0	0-78-162

色块	CMYK	RGB
●	80-25-55-0	8-144-129
●	55-5-45-0	121-191-159
●	0-0-0-0	255-255-255
●	5-45-65-0	236-162-93
●	0-15-50-0	254-223-143
●	35-100-100-0	176-31-36
●	5-70-50-0	229-108-102
●	80-65-10-0	67-91-158
●	65-50-0-0	104-121-186

松石绿

松石绿是出自松石绿瓷器的釉色，明度高、彩度低。其色绿中泛蓝，有一种碧水青天的气息，让人舒缓轻松。明代的掐丝珐琅器物内壁就常用松石绿与沉稳的赭红地沿边搭配，冷暖交错，尽显清雅素丽。

在清代，松石绿多用于陶瓷器物和建筑上。景德镇出品的松石绿瓷器为其中翘楚，如康熙年间所产的官窑瓷器装饰五彩钟馗饮酒瓷像，通身着五彩绣袍的钟馗背靠一块松石绿釉的山石，色调浓淡协调，柔和雅致。此外景德镇还常制作仿古铜彩瓷器，用茶叶末或酱色釉模仿古铜色，松石绿釉则用来模仿铜器上斑驳的锈迹。松石绿因清新雅致也常用于清代的文房四宝中，清代出品的松石绿釉笔砚线条流畅，形似荷叶，颜色纯净明亮，为市场珍品。另外，松石绿在建筑上的大面积使用主要体现在圆明园中，从松石绿、棕色釉的设计上也可以看出圆明园建筑融合了中西风格。

55-10-35-0   121-185-174   #79B9AE

出自清代松石绿釉瓷器

相关色 →

粉绿

70-0-40-0
46-182-170
#2EB6AA

青碧

65-0-50-0
81-186-151
#51BA97

西子

40-10-20-0
164-201-204
#A4C9CC

粉绿在古时也称『玉色』，比单纯的绿多了几分黄色和白色。此色在粉彩瓷器中较为常见，呈现出淡雅、素净之感。

青碧原是中国古代对一种色泽为青绿色玉石的称呼，它给人以清澈纯净之感。后常用此色来形容山色、烟色、天色等。

西子即西湖水的颜色，也称西湖色。此色在明清时期较为流行，在小说中可常见对穿着西湖色短裙长袍的江湖儿女的描述。如俞万春《荡寇志》中的：『海青里面露出西湖色的纱衫。』

配色方案 →

1	55-10-35-0 121-185-174 #79B9AE
2	70-0-40-0 46-182-170 #2EB6AA
3	65-0-50-0 81-186-151 #51BA97
4	40-10-20-0 164-201-204 #A4C9CC
5	30-5-5-0 187-220-237 #BBDCED
6	10-0-5-0 235-246-245 #EBF6F5
7	80-25-40-0 0-145-153 #009199
8	80-30-20-0 0-140-180 #008CB4

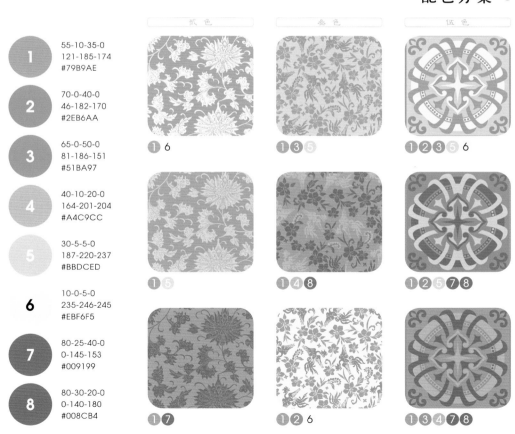

贰色　　　　　叁色　　　　　伍色

❶6　　　　❶❸❺　　　　❶❷❸❺6

❶❺　　　　❶❹❽　　　　❶❷❺❼❽

❶❼　　　　❶❷6　　　　❶❸❹❼❽

雅致清丽

松石绿釉是清代雍正时期创烧的一种低温绿釉名品，也是粉彩彩瓷釉色中的一种，主要添加氧化铜为呈色剂，经过低温二次烧造而成。所烧制的松石绿釉色深浅不同，但呈色均匀，微微发绿，雅致清丽，像绿松石的色泽，因而被称为"松石绿"或"秋葵绿""绿西湖水"，乾隆时期极为流行松石绿釉的器物，这一时期松石绿的呈色稍浅，且微微闪黄，釉色和器型都达到了清代松石绿釉器制作的顶峰，又以松石绿釉花篮等仿生器型为一绝，器物颜色青翠，清新滋润，玲珑生动。

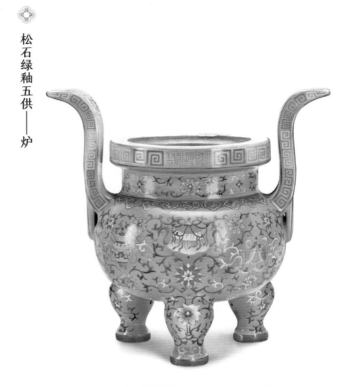

▲ 图2-25 清 乾隆款绿地粉彩勾莲八宝纹五供——炉
北京故宫博物院藏（临摹）

乾隆时期松石绿釉器型丰富，传世品有瓶、尊、碗、盘、笔筒、洗、花篮、冠架、水盂、扳指等多种。这一时期的松石绿釉釉面滋润，釉层较薄，更适合光素无纹饰，不过工匠又别出心裁地使用暗刻、镂空、描金等工艺，在松石绿釉地上以针状工具锥刻，所雕刻的纹饰极为细致，与松石绿釉相配极显细腻，有单色或多色的缠枝花纹；也会在松石绿釉上绘以粉彩，如松石绿的灯笼瓶、罐、执壶、杯、茶船、盒、唾盂等器型，宫廷进贡的珍品中就有松石绿地粉彩宝瓶、松石绿地粉彩执壶等。

图2-25为乾隆款绿地粉彩勾莲八宝纹五供——炉，是松石绿釉粉彩瓷器，是祭祀所用，与焚香的香炉、插花的一对花觚、燃烛的两只烛台共同组成"佛前五供"。此炉造型秀雅，端庄稳重，外壁即施松石绿釉，松石绿釉地淡雅明快，上有粉彩描金，两耳饰有连续的回纹，炉足饰折枝莲纹，而炉腹画折枝莲托八吉祥纹，中间有粉彩缠枝西番莲八宝纹，整体纹饰绘制精细，彩釉搭配协调，设色多样，丰富而柔和，布局满而不乱。

各种釉彩大瓶

青花缠枝花卉纹

绿地花卉纹珐琅彩

金彩蟠龙耳

松石绿釉

十二幅长方形开光
（内绘粉彩吉祥图案）

模印皮球花图案的粉青釉

霁蓝釉描金

绘焦叶纹的淡绿釉

酱釉加金彩卷草纹

▲ 图 2-26 清 各种釉彩大瓶 北京故宫博物院藏（临摹）

松石绿还会作为拼色釉的一种出现在瓷器上，如清代著名的粉彩瓷器。在清代，粉彩制作的过程中常使用玻璃白粉为地，使用中国传统绘画中的没骨画法进行渲染，所用色彩呈现一定的浓淡和明暗变化，所制作出的各色釉彩大瓶有绘画效果和立体感。特别是雍正时期的粉彩瓷器尤为突出，装饰效果更淡雅柔丽，其中浅蓝色釉清爽雅淡，天蓝、翠蓝色釉浓郁厚重，深蓝色釉暗淡深邃，草绿色釉生动活泼，松石绿釉雅致清丽，赭色釉沉稳庄重……各色釉加上不同工艺的粉彩点缀，将色彩和韵律之美展现得淋漓尽致。

图2-26为乾隆年间的各种釉彩大瓶，集合了浅紫、浅青、虹豆红、松石绿等多色釉，分段烧成。此瓶口呈喇叭形，两侧有金色的变形夔耳，金光灿烂，斜肩分四层与腹相连，瓶腹略膨而高，整体造型端庄秀丽。从色彩上来看，此瓶在施彩上技艺极高，以高温、低温釉的多种色彩汇为一体组合而成。从口沿到瓶肩的釉色花饰依次为紫地彩花、松石绿釉窑变细冰纹、白地青花缠枝花、松石绿釉窑变大冰纹、虹豆红，再到腹部接白地斗彩等彩釉装饰。腹部则以烧蓝釉为地，用金线隔出排列整齐的长方画框，画框内分别绘有不同的场景和纹饰，如"三阳开泰""太平有象"等单独成幅的吉祥画，从柔美的红地到亮丽的翠蓝地，再到清雅的白地与浅淡的松石绿地，整体颜色冷暖相间，错落有致，彩画色彩绚丽，十分华贵。该瓶造型之美、技艺之高，为乾隆时期的历史最高水平，被后世誉为"瓷王"。

夔凤衔花纹

夔凤纹是诞生于青铜时代的传统装饰纹样之一，是以传说中的凤凰为幻构的神鸟臆想出来的，所以无定型。至乾隆时期，瓷器中所绘的夔凤纹主要有变形的凤凰纹及图案化凤凰纹两种。在这一时期，粉彩绘夔凤衔花纹成为官窑瓷器最为常见的装饰纹样之一。比如图中纹饰所绘为夔凤衔花纹，变形的夔凤口衔花枝，相对而立，翅羽卷曲，周围环以折枝的西番莲纹及吉祥纹，上面的蝠纹引申花叶相互缠绕，以松石绿为地，使用矾红、蓝、黄、褐及渐变色彩，画面更加柔婉富丽。

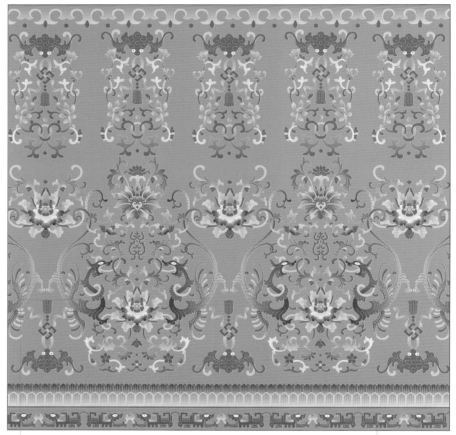

纹样绘制参考：嘉庆款松石绿地粉彩夔凤衔花纹双耳瓶

一对蓝色夔凤在西番莲间起舞，头顶火焰状凤冠，凤首高昂，凤目圆睁，张开的凤翼夸张变形，羽毛卷曲犹如云状，凤尾似卷枝花，描摹细腻，动感强烈。

纹饰下方为整齐排列的夔龙纹，夔龙又称花式龙、香草龙，似龙而仅有一足，龙身及尾部处理为几何形，硬朗的线条与拱立的圆润寿桃相映生辉，在松石绿地上也尤为古朴。

瓜蝶纹

瓜蝶纹多以卷草纹、粉彩瓜果、蝴蝶为饰，有的还用黄、绿、红及蓝颜料绘制如意纹和仰莲瓣纹，寓意为"瓜瓞绵绵，儿孙万代"。瓜蝶纹饰于粉彩瓷器上，盛行于乾隆晚期至清末，同治、光绪年间更为常见。下图中粉彩瓷坛纹饰即瓜蝶纹。在瓜皮绿的釉层之上以黄、红、粉、紫等色绘制瓜果、蝴蝶，卷草作为藤蔓连接花朵与香瓜，色彩斑斓，鲜艳夺目。

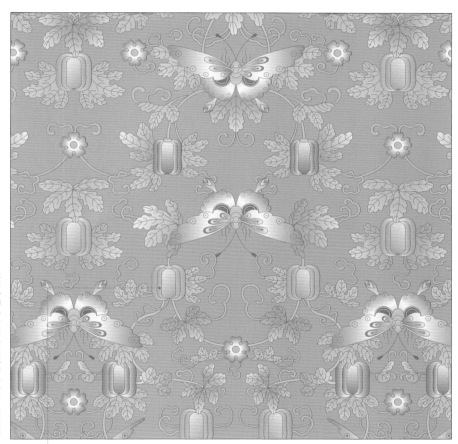

纹样绘制参考：嘉庆款绿地粉彩瓜蝶纹坛

浅色瓜皮绿的底色上绘有枝叶相接的累累硕果，果实为橙红色。红绿色彩对比强烈，画意喜庆。

55-10-35-0	121-185-174
40-0-45-0	166-211-162
20-5-60-0	216-222-126
5-50-70-0	235-151-80
5-10-45-0	246-229-158
5-45-0-0	234-166-200
55-35-0-0	125-152-206

55-10-35-0	121-185-174
100-0-60-10	0-148-125
75-30-10-15	41-130-177
100-75-0-0	0-71-157
10-80-20-0	218-82-131
25-70-55-15	177-92-87
5-35-15-0	238-186-192
5-5-70-0	248-233-98

酱色

酱色即黑棕色，一般是指用豆类发酵制成的调味品的色泽。酱色也是布料色染中的一种颜色，在汉族中多为中老年人穿着的颜色，在游牧民族中作为装饰配色，如白色蒙古包的装饰纹样配色就有酱色。也有部分瓷器施釉采用酱釉，如唐寿州窑的酱釉瓷枕，灰白胎上有两组酱釉条纹。

酱色在清代多为居家装饰和服饰用色。明清时期流行将壁纸用于居家装饰，也有在酱色壁纸上绘上彩色图案。清代李渔的《闲情偶寄》中介绍了其中一种搭配方式：先用酱色纸糊墙做底，再将豆绿云母片分成不同形状的小块，贴在酱色底纸上，中间露出适当的缝隙，这样如同哥窑的瓷器，"满屋皆水裂碎纹"，颇有雅趣。另外，清朝宫廷和官用服饰皆有酱色。《钦定大清会典》的"织染局"就有染造酱色、墨色等布料的记载，《清稗类钞·服饰类》记录有当时六品文官夏天用酱色布，六品、七品武官夏天用黑酱色布料。

60-85-95-45　85-40-25　#552819

出自清代酱釉瓷器

相关色

紫砂属矿土颜色，指使用紫红色的陶土所烧出的茶具的外观色泽。紫砂壶自北宋开始，就是文人雅士鉴赏把玩的器具，紫砂又象征风雅和高尚品位。

紫砂

45-80-100-10
149-73-36
#954924

茶色指茶汤的色泽。千百年来，茶饮的色与香，都与清雅有关系，是优雅消遣、养生悟道的象征色彩，亦是中国传统文化的重要元素之一。

茶色

45-90-100-20
138-49-31
#8A311F

玳瑁即玳瑁甲壳的黄褐色，在古代被视为高贵、华丽与典雅的代名词。黄褐色的玳瑁甲壳常被制成精致的发簪、梳子等饰品。

玳瑁

50-85-80-20
129-57-52
#813934

配色方案

| | 贰色 | 叁色 | 伍色 |

1　60-85-95-45　85-40-25　#552819

2　45-80-100-10　149-73-36　#954924

3　45-90-100-20　138-49-31　#8A311F

4　50-85-80-20　129-57-52　#813934

5　35-55-85-0　180-127-59　#B47F3B

6　30-55-70-0　189-130-83　#BD8253

7　40-90-60-5　162-55-77　#A2374D

8　0-50-65-0　243-154-89　#F39A59

❶❷　❶❸❺　❶❷❸❺❻

❶❺　❶❹❽　❶❷❺❼❽

❶❼　❶❷❻　❶❸❹❼❽

酱如紫金

菊瓣盘

酱色最先见于酱色釉瓷器。酱色釉是以氧化铁为着色剂的高温色釉，有时浅者色如柿黄，深者色如麻酱。在烧制的每个不同阶段，可能会呈现出黄红、棕红、棕黑、棕黄、酱红、深紫等不同的颜色。酱釉瓷和黑色釉瓷大致相同，一般釉层很薄，呈现出淡褐色色调。清代酱釉瓷器在康熙、雍正、乾隆三朝最多，釉面滋润，施釉均匀，色泽光亮如紫金，素洁高雅，因此也被称为"紫金釉"。与顺治酱釉器微微闪红不同，有素洁高雅之感。

▲ 图 2-27 清 雍正款酱釉菊瓣式盘 北京故宫博物院藏（临摹）

清代前期的酱釉工艺水平很高，釉面润洁，色泽亮如紫金，至雍正时期酱釉传世的品种十分丰富，已有凸弦纹瓶、碗、盒、盘、缸等，其中雍正十二色菊瓣盘堪称各釉色菊瓣盘中的上品。雍正时期造办处的《各作成做活计清档》对十二色菊瓣盘的烧造做了详细记载："雍正十一年四月十七日，内务府总管年希尧家人郑天赐送来各色瓷花盆十二样。……又送来各式菊花式瓷盘十二色，内每色一件。奉旨：交与烧瓷器处，照此样式，每色烧造四十件。钦此。"可知在雍正十一年烧制黄、红、蓝、绿、紫、白、酱、藕荷等十二种颜色的菊瓣盘。

图2-27中雍正年间生产的酱釉菊瓣盘，色如紫酱，酱中透红，色调深沉稳重，继承了宣德酱釉的优秀传统，色泽乌亮，釉面肥厚，闪着微微的光泽，十分匀净，其酱色在十二色中独特典雅，精湛绝妙，又与深紫色菊瓣盘颜色相近。整体造型为绽开的菊形，菊瓣向心舒展，棱线坚韧有力，对称工整，既有一丝不苟的肃穆，也有隐逸清雅的情调，体现出雍正官窑颜色釉瓷器雅秀精纯、无与伦比的艺术境界。

鼻烟壶

▲ 图 2-28 清 乾隆款画珐琅鹌鹑菊石图鼻烟壶 北京故宫博物院藏（临摹）

除酱色釉施于器物作为装饰，酱色颜料也常出现在器具图案的绘制中，典型如图案精巧繁复的鼻烟壶。清代盛行鼻烟，制作鼻烟壶的材质十分丰富，包括陶瓷、玉、玛瑙等。其中，陶瓷质鼻烟壶中又有斗彩、粉彩、五彩、琅彩等多种形式，酱色多用于画珐琅的过程中，即在胎上用包括酱色的各色珐琅釉料，按照图案设计要求直接涂画，再经烧制显色而成，经过烧制，珐琅彩色料也不会脱落，发色均匀。绘画题材包括仕女、花鸟等。清代掌握珐琅彩绘制技术的大多是名匠画工，如汤振基、邹文玉、郎世宁等，因此制作出的成品也都十分精良。其纹饰精美、图案精细、颜色自然淡雅。

图2-28为乾隆款画珐琅鹌鹑菊石图鼻烟壶，其短颈、溜肩、扁腹、鎏金盖，椭圆形足，足底略内凹，底部书"乾隆年制"款。此鼻烟壶的风格为写实工笔画，颈部以绿、蓝、金黄彩绘云肩纹，腹部绘有酱色的山石，旁边有丛丛金黄色的菊花，还有卷曲的绿色枝条迎向下方站立的鹌鹑。鹌鹑头小尾秃，似小鸡，羽毛画法连点带勾，用酱色烘罩丝毛和黄白填染。绘成的酱色羽毛根根分明，身上有黄白色条纹，色彩艳丽，笔触细腻，笔画工细，将鹌鹑的形态描绘得极为真实。黄花、绿枝、山石点缀其间，意境灵动、别具风格。同时"鹌"与"安"谐音，此壶也寓意富贵平安。

竹纹

竹纹自古就是雅俗共赏的纹样之一。清朝时，竹纹已然成为服饰、瓷器、建筑装饰等领域中的常
见纹样。在瓷器上，康熙官窑所绘竹纹洒脱苍劲，竹干粗壮，竹叶茂盛；雍正官窑竹纹更为写
实，布局疏朗；乾隆官窑竹纹竹节较短，竹叶细长，缺少风韵。无论是在清代的器物还是服饰
上，竹纹常与梅、兰、菊搭配，并称"四君子"，且常与团寿纹搭配绣于酱色、品月、茶色等织
锦服饰之上，有长寿康泰的寓意。

纹样绘制参考：酱色缂丝竹寿纹袍折片

竹纹清秀俊雅，几枝
竹叶合为一簇，疏朗
大方。特别是斜向横
出的竹枝如随风摇
曳，有较强的层次感。

团寿纹寓意生命绵延不断。
其色为金色，与灰蓝的竹纹
在酱色地上错落排列，色彩
和谐，显得沉稳持重。

菊花自古被喻为"雅洁长寿之君"。清代，菊花纹有长寿、高洁、隐逸、多子多福等吉祥寓意，且多作为纺织图案。在菊花纹中，既有单独的折枝菊花纹，也有与其他花鸟组合的纹样，比如菊花与松树组合成祝寿图，寓意为"菊松永存"；又比如由九只鹌鹑和菊花构成的图样，寓意"九世安居"。在织物中使用菊花纹可以展现美满生活。下图中的纹样为酱色地彩色折枝菊花纹样，浅红与橘红、金黄的重瓣菊花凌霜开放，清丽多姿。

纹样绘制参考：品月色缎绣浅彩整枝菊花纹袍料

折枝重瓣菊花紧密排列，酱色为底，与色彩缤纷的菊花形成颜色对比，体现深秋独有的生命力。

● 60-85-95-45	85-40-25	
◐ 15-35-50-0	221-177-130	
◯ 10-5-5-0	234-238-241	
◯ 20-10-20-0	213-219-207	
◐ 60-35-20-0	114-148-178	
● 80-60-30-0	65-100-140	

● 60-85-95-45	85-40-25	
◐ 0-50-25-0	242-156-159	
◐ 0-60-50-0	239-133-109	
● 0-50-30-30	191-123-121	
◯ 0-30-70-0	249-193-88	
◯ 10-0-0-5	227-239-246	
● 20-15-0-50	131-133-148	
◐ 55-0-25-0	115-198-200	

漆黑

"漆"原指天然植物漆树，其黑色而带有光泽的汁液，是古代最早使用的植物染料之一。但与大多数植物染料不同的是，漆黑更多被用于器物之上。战国时期直至清代，漆器就被当作食器、祭器使用，其外表亮丽光滑、美观且耐用。而在服饰上，除秦朝平民使用的黑色包头巾、隋唐幞头、古代士兵所穿的黑色护身甲使用了漆黑外，其余较为少见。

清代用于服饰上的漆黑较少，更多用于瓷器、漆器等器物上。康熙年间发展出了一种墨彩瓷器，其施彩厚、色泽漆黑莹亮。朱琰《陶说》中所描述的乾隆年间瓷器即有金银、漆黑、杂彩等色彩，其中还有模仿剔黑漆器制作的漆黑瓷器，如晋江磁灶村采用剔花装饰的黑釉器物。另外，黑色脱胎漆器茶具在清代也开始出现，主要产于福建福州，多为黑色，亦有黄棕、棕红等，外表镶金嵌银，漆黑描金，光可照人。更加经典的则是清代漆黑漆盒等家居器物，如以漆黑做底的"黑地彩漆双蝶盒"，其外加红色为衬，其用朱红和赭色、变绿作画，颇为富丽典雅。

50-50-0-100　0-0-14　#00000E

出自清代漆器

相关色

缁色即「帛黑」，缁色也是僧侣的常服颜色，因此，僧侣的常服有「缁衣」之称。古代用黑色帛做朝服，后又泛指黑色衣服。

缁色

70-80-75-45
69-45-45
#452D2D

黛色也作「螺黛色」，黛是一种青黑色矿物颜料，是古代妇女最早用来画眉的材料，亦常用于形容凌晨昏暗的天色。

黛色

80-60-65-20
59-86-81
#3B5651

以栎实、柞实的壳煮汁，可以染出皂色。汉代常用皂色素绢制作帽冠，但在隋朝则规定商贩、奴婢等人群必须穿皂色。

皂色

75-70-70-35
66-64-61
#42403D

配色方案

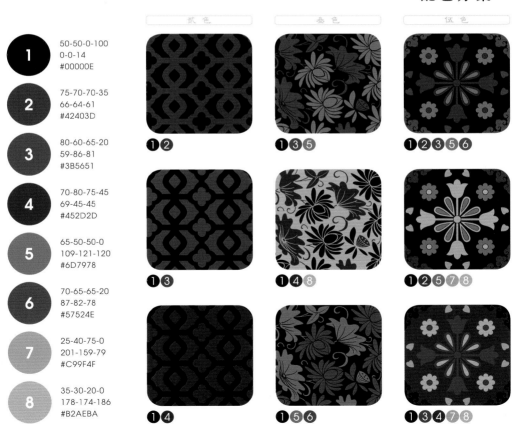

❶	50-50-0-100 / 0-0-14 / #00000E
❷	75-70-70-35 / 66-64-61 / #42403D
❸	80-60-65-20 / 59-86-81 / #3B5651
❹	70-80-75-45 / 69-45-45 / #452D2D
❺	65-50-50-0 / 109-121-120 / #6D7978
❻	70-65-65-20 / 87-82-78 / #57524E
❼	25-40-75-0 / 201-159-79 / #C99F4F
❽	35-30-20-0 / 178-174-186 / #B2AEBA

贰色　　叁色　　伍色

❶❷　❶❸❺　❶❷❸❺❻
❶❸　❶❹❽　❶❷❺❼❽
❶❹　❶❺❻　❶❸❹❼❽

漆黑透亮

中国的漆器艺术始于战国，汉代达到鼎盛时期。漆器的特征主要是采用红黑色调搭配，给人大气磅礴的感觉。清代的漆器工艺高峰出现在雍正、乾隆年间，主要集中在南方，如浙江、江苏、广东、福建等地；且漆器的制作工艺精巧，外表宽丽光滑，美观且耐用。在漆黑或朱红的底色上，使用金银、珍珠、翡翠、玛瑙、玳瑁、绿松石、螺钿等珍贵材料，通过雕漆、螺钿、百宝嵌、雕填和金漆等工艺，镶嵌雕刻或绘制不同颜色的图案，器物显得华贵而雅致。

剔黑碗

▲ 图 2-29 清 剔黑寿字云鹤纹碗 北京故宫博物院藏（临摹）

漆黑器物的制作中有一种叫作剔黑的工艺。剔黑为漆雕工艺的一种，此外还有剔红、剔绿、剔彩。剔即雕，剔黑就是在黑漆上进行纹饰的雕刻，一般做法是在漆器胎骨上用黑漆堆积数十层乃至上百层，然后再用刀剔刻花纹，一般根据配色可分为纯黑剔黑、黄地剔黑、朱地剔黑、朱锦地剔黑、绿地剔黑、绿锦地剔黑、黄锦地剔黑等多种。剔黑之下露出不同的底色，设色层次明晰，整体布局舒展开朗，气韵富丽，活泼生动。与剔红的漆器相比，剔黑漆器显得更为古朴、典雅。

剔黑工艺发展到乾隆时代，越发追求一种精细纤巧的效果，从而黑漆的堆砌更为烦琐，而风格过于单调。图2-29所示的清代剔黑寿字云鹤纹碗却不受此局限，黑色的漆面朴实，简练而有气势，并无乾隆时期剔黑器具的烦冗堆砌之弊，值得称道。碗口刻有一圈由绦纹组成的图案，雕刻着朵朵如意云纹，其云头状如灵芝，祥瑞吉庆。

描金手炉

▲ 图 2-30 清 黑漆描金花鸟图海棠式手炉 北京故宫博物院藏（临摹）

碗内外髹黑漆，外部以红漆为地，漆黑的云纹透亮，反射出独特的光泽，在红漆的映衬下整体暖色调略增，碗内的黑漆与外部的朱红色调产生了强烈的视觉对比，使整体的色泽更加鲜亮。从形制上来看，此碗尺寸略大，漆黑色纯正，显得疏朗大方，庄重典雅。

黑色漆器除上敷黑漆之外还有一种名为描金的工艺，是在漆地上用金粉描出各种纹饰，该工艺最早始于春秋战国时期。其漆地以黑色为常见，其次为朱地和紫地，有时也可以和描彩结合运用。在漆黑地上，使用金色描画花纹和图案，对比强烈，色调明快，减少了漆黑的沉闷之感，既有黑色的肃穆庄严，又有金色的富丽堂皇，且制作工艺精细，对繁复的纹饰做了巧妙的安排，疏密合理，画面杂而不乱。

图2-30为清代漆黑描金花鸟图海棠式手炉，用于冬天取暖，是一件清代珍贵的艺术佳品。该手炉上有木质提梁，炉盖用金线绘有四方连续的四瓣菱花纹，炉身外层是木胎，糅以黑色漆面，其上用彩金饰山水、花草，画面的草木、飞蝶鸟雀等采用重笔描金，还用略带橘色的金色和浅黄色间错描画，宛如画家用墨，使山岩、草木在漆黑底色上显得错落有致，嵯峨嶙峋；稍远一点的景物以淡金敷之，使景远近层次分明，虚实结合，显得工整自然，鲜明耀眼。

蝠纹

中国古代因"蝠"谐音为"福",故常将蝠作为吉祥的纹饰。清代的蝠纹在瓷器、漆器、服饰上较为常见。蝠纹有倒挂蝙蝠纹、双蝠纹,常与寿桃、如意等纹饰组合,当与"寿"字组合时,构成"五蝠捧寿纹"。咸丰时期的蝠纹多与钱纹组合在一起,钱币外圆中方,俗称"钱眼",寓意"福在眼前"。下图中蝠纹以漆黑为地,以泥金勾线,银红填色,翼展较宽,头似鼠,两边饰以蓝彩绶带,间饰寿桃,绘画较精细。

纹样绘制参考:描金彩漆缠枝莲蝙蝠纹葵瓣式盘

银红蝙蝠,翅膀卷曲伸展,尾部似如意形态。双翅勾连两侧缠枝桃树,与漆黑地相搭配,华丽而生动。

周边饰有一圈银红莲花,其蕊为金黄,花朵部分具象写实,搭配其他缠枝花苞、绿叶,寓意四季如锦。

蝶纹

清代蝶纹主要与花组成"蝶恋花"纹样，似蝴蝶飞舞于百花丛中。而蝴蝶常被喻为男性，花朵被喻为女性，象征着缔结两性之好与甜蜜的爱情。下图中的蝶纹主体部分为四只展翅飞舞的蝴蝶，蝴蝶彩翼张开，相向而舞，四周以缠枝瓜果花纹围绕。虽底色漆黑，但使用泥金勾线，多色填色，色彩繁多艳丽，四只彩蝶在五彩斑斓的花丛中翩然飞舞，中心朱红地花饰与黑地盒面为这灿烂夺目的蝶恋花纹饰增加了典雅的色感。

纹样绘制参考：黑漆描金勾莲蝴蝶纹嵌玻璃葵瓣式撷盒

以具象的手法，在蝶翅上刻制出了生动的纹路，触须细长，翅膀宽大，且设有金、棕和朱红搭配，形成对比，有很好的装饰效果。

● 50-50-0-100	0-0-14
● 15-85-90-0	211-71-39
● 40-100-100-0	167-33-38
● 65-20-15-0	86-165-199
● 95-45-10-0	0-113-178
● 65-55-0-0	106-113-180
● 15-20-60-0	224-202-108

● 50-50-0-100	0-0-14
● 25-40-75-0	201-159-79
● 15-20-60-0	224-202-118
● 40-100-100-0	167-33-38
● 0-10-45-0	255-232-158
● 25-55-85-0	199-131-55
● 85-70-10-0	54-82-153

赤金

赤金来自纯正的黄金，此色由来已久，早在《山海经》中就记载杻阳山的南边有丰富的赤金。但因古代的黄金制品多为金箔外敷，用在漆器、木器、金器和玉石器等不同材料上，金色会因制作工艺及成色的不同而变化，基本上是微红的金色，彰显出厚重尊贵。

在清朝，部分佛教造像会使用赤金，表达佛陀三十二相中的"身金色相"。乾隆年间，在修建妙应寺白塔时放入一座赤金长寿佛像，其质地和工艺均属罕见。且在清代的服色及配饰上，赤金为帝后专用色，以彰显皇家气质。在《大清会典》中就有详细的记录，如赤金珠是对品质最高、颜色最好的南洋金珠的评级。等级较高的后妃所用的册宝也为赤金。此外，清代云锦上也将赤金的线用作织锦材料，以供宫廷使用。赤金线与青金线和纯银线一同编织出华丽且富于变化的织金云锦，纹理清晰且有光泽，故而有"寸锦寸金"之说。清代民间在婚嫁之时，汉族新郎会头戴暖帽配以赤金花饰，但衣服上不得使用赤金。

10-30-75-0　232-186-78　#E8BA4E

出自清代金器

相关色 ●—

田赤

15-20-60-0
224-202-118
#E0CA76

田赤呈淡黄色，是中国绘画、雕塑、建筑常用的金箔色，在古代有着富饶、富裕之意。

泥金

20-35-60-0
211-172-111
#D3AC6F

泥金是金粉制成的金色涂料，用来装饰笺纸或涂于漆器上。泥金彩漆便是中国濒临失传的传统漆器工艺。

吉金

25-45-80-0
200-150-67
#C89643

吉金是青铜器最初始的色彩。制造青铜器的材料是铜与锡、铅的合金，配比不同会直接影响冶炼后合成的颜色，呈现赤黄、橘黄、浅黄等色，古时称此色为『吉金』。

配色方案 ●—

		贰色	叁色	伍色

1 10-30-75-0
232-186-78
#E8BA4E

2 15-20-60-0
224-202-118
#E0CA76

3 20-35-60-0
211-172-111
#D3AC6F

4 25-45-80-0
200-150-67
#C89643

5 0-10-30-0
254-235-190
#FEEBBE

6 50-55-90-5
144-116-54
#907436

7 40-40-80-0
170-150-73
#AA9649

8 20-50-60-0
208-145-101
#D09165

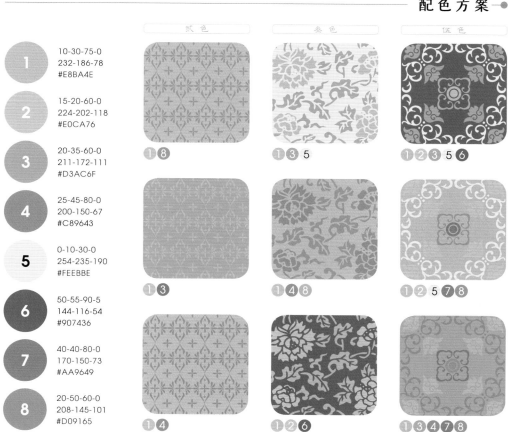

❶❽   ❶❸5   ❶❷❸5❻

❶❸   ❶❹❽   ❶❷5❼❽

❶❹   ❶❷❻   ❶❸❹❼❽

富贵雍容

因赤金原料稀少贵重，因此在清代主要见于帝后袍服和宫廷用器。清代皇帝、皇后御用的衮服、朝袍和龙袍等有严格的纹样、用色和织造工艺要求，织制成型的袍服往往精美绝伦。如故宫博物院所藏的龙袍面料上施赤金线、孔雀羽线以及其他各色丝线织成龙纹，龙的金鳞金甲层次鲜明，体现出龙之睥睨天下之像。另外，清代金银器工艺空前发展，广泛使用了金银器及珠宝镶嵌工艺品。尤其是皇家所用金器，将赤金的华丽典雅、富贵雍容发挥到极致。

金瓯永固杯

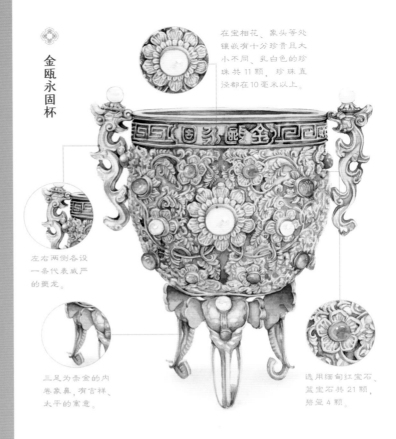

在宝相花、象头等处镶嵌有十分珍贵且大小不同、乳白色的珍珠共11颗，珍珠直径都在10毫米以上。

左右两侧各设一条代表威严的夔龙。

三足为赤金的内卷象鼻，有吉祥、太平的寓意。

选用缅甸红宝石、蓝宝石共21颗，碧玺4颗。

▲ 图2-31 清 金瓯永固杯 北京故宫博物院藏（临摹）

从雍正时期开始，每年元旦子时，皇帝都会到养心殿东暖阁临窗处举行"明窗开笔"仪式，先"握管薰于烛上"，然后"濡染挥翰"，写下新年第一笔，以祈望新的一年政通人和，社稷安稳。在开笔仪式上皇帝专用的酒杯就是赤金金瓯杯，用以盛屠苏酒，又名"岁酒"，一年使用一次。"金瓯"是黄金或铜鎏金制成的小盒，为酒器，在古代也用以比喻国家。图2-31为乾隆年间所造的金瓯永固杯，由纯金打造而成，通身赤金，圆形直口，造型似鼎，杯足为异化的象鼻造型，支撑杯身，象头额顶及双目间也用珠宝进行镶嵌。杯口雕刻出一圈回纹，上有篆书"金瓯永固"，另一面口沿篆"乾隆年制"款识。金瓯永固杯使用了花丝镶嵌工艺，其上满刻缠枝花卉，还镶嵌了十来颗大小不等的珍珠、红蓝宝石和粉色碧玺，与赤金杯身相映成色，金光闪亮，气势恢宏。该杯寓意着"大清一统万年"，即皇帝的疆土与皇权永远巩固，其一直作为清代皇室御用珍宝代代流传。

编
钟

▲   图 2-32 清 金编钟 北京故宫博物院藏（临摹）

清朝沿袭明制，每逢皇帝即位、大婚、立后，和每岁元日、冬至、万寿节等重要节日，帝后接受朝贺，升座、降座时都要演奏中和韶乐（古代雅乐），奏乐所用的编钟由纯金制成，呈色赤金。清朝编钟形制与战国的编钟有所不同，清朝的编钟大小基本相同，中空，一般全套为十六枚，均铸有阳文律名，包括十二个正律和四个倍律（低音）。钟壁不同的厚薄程度可敲出高低不同的节音，厚者音高，薄者音低，敲击音调此起彼伏，乐声纯美明亮，烘托出朝会典礼肃穆、华贵而神秘的气氛。因此，赤金编钟不仅是贵重的乐器，还是在坛庙祭祀和重大典礼中充分展现皇家礼仪威严的礼器。

图2-32所示的金编钟铸造于乾隆年间，现藏于北京故宫博物院。其制造工艺和铸造过程十分精细复杂，全套编钟共有十六枚，分上下两行，由一万多两黄金铸成，每一枚编钟的后面都镌有"乾隆五十五年制"的款识。赤金编钟的器形似椭圆形，钟腰外鼓，顶端为两身相连的交龙钮，上面雕有云纹，系以黄绒悬置于刻有龙首立凤的钟架上。每一枚编钟上都刻有游龙戏珠的图案装饰：龙爪擒珠，遨游云间，长髯随风而动，姿态飘逸，有凛然之威。钟的四周还装饰了对称的角云纹，彰显出皇权威严。而赤金底色古朴庄重，为仪式增添了沉静肃穆、宏浑赫然的艺术风采，也体现出乾隆时期国力的强盛。

三多纹

三多纹是清代寓意吉祥的代表性纹样之一，分别以佛手、桃、石榴的形象寓意多福、多寿、多子。明代初期，刻有三多纹的瓷器崭露头角，色彩以单色的釉里红、青花为主，纹饰勾勒细腻。清代三多纹继承了明代的特点，增加了浓淡层次的变化。康熙晚期至乾隆时期，由金线绣制的服饰织物在宫廷尤为盛行，三种果实的色彩与赤金搭配，锦上添花，光亮鲜明。三多纹在民间普及后，长久不衰。

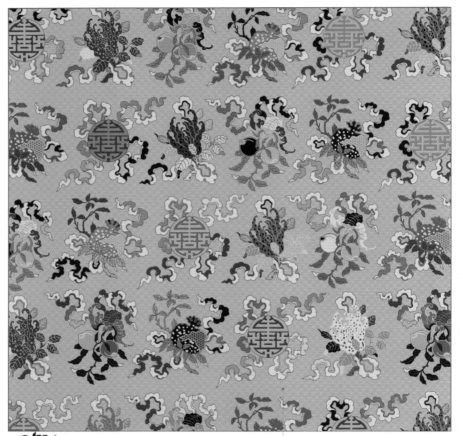

纹样绘制参考：大红色古钱三多寿字纹妆花缎

以赤金丝线勾勒出石榴、桃、佛手的成熟果实，组成的三多纹以散点式分布。枝叶茂盛，彰显出果实硕大饱满的特点。

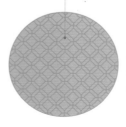

古钱为外方内圆的造型。在黄底之上配以赤金古钱纹，有招财进宝的吉祥寓意，尤其受到商人的喜爱。

胡桃纹

胡桃纹始于汉代，明清常用于装饰双层锦或妆花纱，也用于装饰回回锦、回回织金绸、回回织金缎，特点是用大量金线织花，色彩绚烂华贵。下图中胡桃纹取自白色地织金胡桃纹回回锦，赤金胡桃内核填织赭色的如意纹、方胜纹，其四周布满黑色卷藤纹，形成串枝织金胡桃，花色清晰，底色明亮，整个纹饰点、线、面搭配得当，呈现出金碧辉煌的装饰效果。

纹样绘制参考：白色地金胡桃纹回回锦

黑色短小枝叶与赤金胡桃纵向相连，枝叶点缀其间，花团锦簇，色彩搭配十分和谐，显得高贵典雅。

●	10-30-75-0	232-186-78			
●	20-45-80-0	210-153-66			
●	10-70-0-5	213-103-160			
●	5-85-85-10	212-66-39	●	10-30-75-0	232-186-78
●	60-50-100-10	117-114-42	●	30-50-100-0	190-137-21
●	55-25-0-0	121-167-217	○	0-0-5-0	255-254-247
●	50-85-85-60	79-27-18	●	65-45-10-65	44-59-90

参考文献

[1] 青简. 古色之美 [M]. 长沙：湖南人民出版社，2019.

[2] 鸿洋. 国粹图典：色彩 [M]. 北京：中国画报出版社，2016.

[3] 郭浩，李健明. 中国传统色：故宫里的色彩美学 [M]. 北京：中信出版社，2020.

[4] 郭浩. 中国传统色：青少版 [M]. 北京：中信出版社，2021.

[5] 黄仁达. 中国颜色 [M]. 南京：江苏凤凰美术出版社，2020.

[6] 田自秉，吴淑生. 中国工艺美术史图录 [M]. 上海：上海人民美术出版社，1994.

[7] 王子源，安尚秀. 五色氤氲：中国文化的色彩构成 [M]. 西安：陕西人民美术出版社，2018.

[8] 故宫博物院. 清宫后妃首饰图典 [M]. 北京：紫禁城出版社，2012.

[9] 郑欣淼. 故宫学刊（2009年 总第5辑）[M]. 北京：紫禁城出版社，2009.

[10] 赵光林. 古陶瓷的收藏与研究 [M]. 北京：中国书籍出版社，2007.

[11] 钦定大清会典：雍正朝 [M]. 台北：文海出版社，1994：4.

[12] 赵丰，尚刚，龙博. 中国古代物质文化史：纺织（下）[M]. 北京：开明出版社，2014.

[13] 吴欣. 衣冠楚楚：中国传统服饰文化 [M]. 济南：山东大学出版社，2017.

[14] 徐彬，岳鹏，赵曦. 花丝镶嵌 [M]. 北京：中国轻工业出版社，2017.

[15] 贺云翱. 中华国宝图典 [M]. 济南：山东画报出版社，2014.

[16] 万剑. 中国古代缠枝纹装饰艺术史 [M]. 武汉：武汉大学出版社，2019.

[17] 楼庆西. 北京古建筑装饰艺术 [M]. 北京：北京出版社，2019.

[18] 李雨来，李玉芳. 明清绣品 [M]. 上海：东华大学出版社，2015.

[19] 中国艺术研究院美术研究所. 2019中国传统色彩学术年会论文集 [C]. 北京：文化艺术出版社，2019.

[20] 广州美术学院教务处. 广州美术学院2007届美术学、艺术设计学毕业生论文集（1）[C]. 贵阳：贵州教育出版社，2008.

[21] 张毅培，史景怡. 影壁之美 [M]. 南京：江苏凤凰文艺出版社，2018.

[22] 吕济民. 中国传世文物收藏鉴赏全书：瓷器（上）[M]. 北京：线装书局，2006.

[23] 刘伟. 帝王与宫廷瓷器 [M]. 北京：紫禁城出版社，2012.

[24] 华服志平台. 抉微钩沉：中国古代服饰文化研究 [M]. 北京：中国纺织出版社，2019.

[25] 王其钧. 中国建筑图解词典 [M]. 北京：机械工业出版社，2021.

[26] 古建园林技术编辑部. 古建园林技术 [M]. 北京：古建园林技术出版社，1983.

[27] 李建亮. 中国传统经典纺织品纹样史 [M]. 北京：中国纺织出版社，2019.

[28] 刘克明. 中国建筑图学文化源流 [M]. 武汉：湖北教育出版社，2006.

[29] 故宫博物院. 故宫博物院十年论文选：2005—2014 [M]. 北京：故宫出版社，2015.

[30] 马瑞田. 中国古建彩画艺术 [M]. 北京：中国大百科全书出版社，2002.

[31] 魏华. 中国工艺美术史 [M]. 郑州：河南科学技术出版社，2012.

[32] 唐家路，张爱红. 中国设计艺术原理 [M]. 济南：山东教育出版社，2018.

[33] 郑军，徐丽慧. 中国传统装饰图案：上 [M]. 上海：上海辞书出版社，2017.

[34] 铁源. 清代乾隆瓷器：颜色釉卷 [M]. 北京：华龄出版社，2006.

[35] 中国艺术研究院美术研究所. 2019中国传统色彩学术年会论文集 [C]. 北京：文化艺术出版社，2019.

[36] 铁源. 明清瓷器纹饰鉴定：龙凤纹饰卷 [M]. 北京：华龄出版社，2001.

[37] 秦华生主编；吴迪本卷主编；曾慧著. 中国民族服饰艺术图典：满族卷 [M]. 济南：山东文艺出版社，2017.

[38] 周丽娜. 园林植物色彩配置 [M]. 天津：天津大学出版社，2020.

[39] 刘兰华，张南南. 中国古代陶瓷纹饰 [M]. 北京：紫禁城出版社，2013.